U0076052

張愛玲

怨女

主編的話

在文學的長河裡，張愛玲的文字是璀璨的金沙，歷經歲月的淘洗而越發耀眼，而張愛玲的身影也在無數讀者心中留下無可取代的印記。

為紀念張愛玲百歲誕辰及逝世二十五週年，「張愛玲典藏」特別重新改版，此次以張愛玲親筆手繪插圖及手寫字重新設計封面，期盼能帶給讀者全新的感受，並增加收藏的意義。

「張愛玲典藏」根據文類和作品發表年代編纂而成，包括張愛玲各時期的長篇小說、短篇小說、散文和譯作等，共十八冊，其中散文集《惘然記》、《對照記》本次改版並將增訂收錄近年新發掘出土的文章。

一樣的悸動，一樣的懷想，就讓我們透過全新面貌的「張愛玲典藏」，珍藏心底最永恆的文學傳奇。

一

上海那時候睡得早，尤其是城裏，還沒有裝電燈。夏夜八點鐘左右，黃昏剛澄淀下來，天上反而亮了，碧藍的天，下面房子墨黑，是沉澱物，人聲嗡嗡也跟著低了下去。

小店都上了排門，石子路上只有他一個人踉踉蹌蹌走著，逍遙自在，從街這邊穿到那邊，哼著京戲，時而夾著個「梯格隆地咚」，代表胡琴。天熱，把辮子盤在頭頂上，短衫一路敞開到底，裸露著胸脯，帶著把芭蕉扇，刮喇刮喇在衣衫下面搧著背脊。走過一家店家，板門上留著個方洞沒關上，天氣太熱，需要通風，洞裏只看見一把芭蕉扇在黃色的燈光中搖來搖去。看著頭暈，緊靠著牆走，在黑暗中忽然有一條長而涼的東西在他背上游下去，他直跳起來。第二次跳得更高，想把它抖掉，又扭過去拿扇子撣。他終於明白過來，是辮子滑落下來。

「操那！」

用芭蕉扇大聲拍打著屁股，踱著方步唱了起來，掩飾他的窘態。

「孤王酒醉桃花宮，韓素梅生來好貌容。」

一句話提醒了自己，他轉過身來四面看了看，往回走過幾家門面，揀中一家，蓬蓬蓬拍門。

「大姑娘！大姑娘！」

「誰？」樓上有個男人發聲喊。

「大姑娘！買蔴油，大姑娘！」

叫了好幾聲沒人應。

「關門了，明天來。」這次是個女孩子，不耐煩地。

他退後幾步往上看，樓窗口沒有人。劣質玻璃四角黃濁，映著燈光，一排窗戶似乎凸出來做半球形，使那黯舊的木屋顯得玲瓏剔透，像玩具一樣。

「大姑娘！老主顧了，大姑娘！」

蓬蓬蓬儘著打門。樓上半天沒有聲音，但是從門縫裏可以看見裏面漸漸亮起來，有人拿著燈走進店堂，門洞上的木板咣啦塔一聲推了上去，一股子刺鼻的刨花味夾著汗酸氣，她露了露臉又縮回去，燈光從下頦底下往上照著，更托出兩片薄薄的紅嘴唇的式樣。離得這樣近，又是在黑暗中突然現了一現，沒有真實感，但是那張臉他太熟悉了，短短的臉配著長頸項與削肩，前劉海剪成人字式，黑鴉鴉連著鬢角披下來，眼梢往上掃，油燈照著，像個金面具，眉心豎著個梭形的紫紅痕。她大概也知道這一點紅多麼俏皮，一夏天都很少看見她沒有揪痧。

「這麼晚還買什麼油？快點，瓶拿來。」她伸出手來，被他一把抓住了。

「拉拉手。大姑娘，拉拉手。」

「死人！」她尖聲叫起來。「殺千刀！」

他吃吃笑著，滿足地喃喃地自言自語，「蔴油西施。」

她一隻手扭來扭去，烏籐鑲銀手鐲在門洞口上磕著。他想把鐲子裏掖著的一條手帕扯下來，鐲子太緊，抽不出來，被她往後一掣，把他的手也帶了進去，還握著她的手不放。

「可憐可憐我吧，大姑娘，我想死你了，大姑娘。」

「死人，你放不放手？」她蹬著腳，把油燈湊到他手上。錫碟子上結了層煤烟的黑殼子，架在白木燈台上，他手一縮，差點被他打翻了。

「噯喲，噯喲！大姑娘你怎麼心這麼狠？」

「鬧什麼呀？」她哥哥在樓上喊。

「這死人拉牢我的手。死人你當我什麼人？死人你張開眼睛看看！爛浮尸，路倒尸。」

她嫂子從窗戶裏伸出頭來。「是誰？——走了。」

「是我拿燈燙了他一下，才跑了。」

「是誰？」

「還有誰？那死人木匠。今天倒楣，碰見鬼了。豬玀，癟三，自己不撒泡尿照照。」

「好了，好了，」她哥哥說。「算了，大家鄰居。」

「大家鄰居，好意思的？半夜三更找上門來。下趟有臉再來，看我不拿門閂打他。今天便宜他了，癟三，死人眼睛不生。」

她罵得高興，從他的娘操到祖宗八代，幾條街上都聽得見。她哥哥終於說，「好了好了，還要哇啦哇啦，還怕人家不曉得？又不是什麼有臉的事。」

「你要臉？」她馬上掉過來向樓上叫喊。「你要臉？你們背後鬼頭鬼腦的事當人不知道？怎麼怪人家看不起我。」

「還要哇啦哇啦。怎麼年紀輕輕的女孩子不怕難為情？」炳發已經把聲音低了下來，銀娣反而把喉嚨提高了一個調門，一提起他們這回吵鬧的事馬上氣往上湧：

「你怕難為情？你曉得怕難為情？還說我哇啦哇啦，不是我鬧，你連自己妹妹都要賣。爺娘的臉都給你丟盡了，還說我不要臉。我都冤枉死了在這裏——我要是知道，會給他們相了去？」

炳發突然一欠身像要站起來，赤裸的背脊吮吸著籐椅子，吧！一聲響。但是他正在洗腳，兩隻長腿站在一隻三隻腳的紅漆小木盆裏。

「好了好了，」他老婆低聲勸他。「讓她去，女孩子反正是人家的人，早點嫁掉她就是了。女大不中留，留來留去反成仇。等會給人家說得不好聽，留著做活招牌。」

炳發用一條絲絲縷縷的破毛巾擦腳，不作聲。

「告訴你，我倒真有點担心，總有一天鬧出花頭來。」

他怔了一怔。「怎麼？你看見什麼沒有？」

「喏，就像今天晚上。惹得這些人一天到晚轉來轉去。我是沒工夫看著她，拖著這些個孩子，要不然自己上櫃台，大家省心。」

「其實去年攀給王家也還不錯，八仙橋開了爿分店。」他歪了歪下頦，向八仙橋那邊指了指。

「也是你不好，應當是你哥哥做主的事，怎麼能由著她，嫌人家這樣那樣。講起來沒有爺娘；耽誤了她，人家怪你做哥哥的。下次你主意捏得牢點。」

他又不作聲了。也是因為辦嫁妝這筆花費，情願一年年耽擱下來。她又不是不知道。朱漆腳盆有隻鵝頸長柄，兩面浮彫著鵝頭的側影，高豎在他跟前，一隻雙圈鵝眼定定地瞅著他，正與她不約而同。她瞅了半天，終於拎起腳盆，下樓去潑水，正遇見銀娣上來。在狹窄的樓梯上，姑嫂狹路相逢，只當不看見。

銀娣回到自己的小房間裏，熱得像蒸籠一樣。木屋吸收了一天的熱氣，這時候直噴出來。她把汗濕的前劉海往後一掠，解開元寶領，領口的黑緞闊滾條洗得快破了，邊上毛茸茸的。藍夏布衫長齊膝蓋，匝緊了黏貼在身上，窄袖、小袴腳管，現在時興這樣。她有點頭痛，在枕頭底下摸出一隻大錢，在一碗水裏浸了浸，坐下來對著鏡子刮痧，拇指正好嵌在錢眼裏，伏手。熟練地一長劃到底，一連幾劃，頸項上漸漸出現三道紫紅色斑斑點點的闊條紋，才舒服了些。頸項背後也應當刮，不過自己沒法子動手，又不願意找她嫂子。

上回那件事，都是她嫂嫂搗的鬼。是她嫂嫂認識的一個吳家嬸嬸來做媒，說給一個做官人家做姨太太。說得好聽，明知他們柴家的女兒不肯給人做小，不過這家的少爺是個瞎子，沒法子配親，所以娶這姨太太就跟太太一樣。銀娣又哭又鬧，哭她的爹娘，鬧著要尋死，這才不提了。這吳家嬸嬸是女傭出身，常到老東家與他們那些親戚人家走動，賣翠花，賣鑲邊，帶著做媒，接生，向女傭們推銷花會。她跟炳發老婆是邀會認識的。有一次替柴家兜來一票生意，有個太太替生病的孩子許願，許下一個月二十斤燈油，炳發至今還每個月挑担油送到廟裏去。

這次她來找炳發老婆，隔了沒有幾天又帶了兩個女人來，銀娣當時就覺得奇怪，她們走過櫃台，老盯著她看。炳發老婆留她們在店堂後面喝茶，聽著彷彿是北方口音，也沒多坐。臨走炳發老婆定要給她們僱人力車，叫銀娣「拿幾隻角子給我。」她只好從錢台裏拿了，走出櫃台交給她。兩個客人站在街邊推讓，一個抓住銀娣的手不讓她給錢，乘機看了看手指手心。

「姑娘小心，不要踏在泥潭子裏。」吳家嬸嬸彎下腰去替她拎起袴腳來，露出一隻三寸金蓮。

她早就疑心了。照炳發老婆說，這兩個是那許願的太太的女傭，剛巧順路一同來的。月底吳家嬸嬸又來過，炳發老婆隨即第一次向她提起姚家那瞎子少爺。她猜那兩個女人一定是姚家的傭人，派來相看的。買姨太太向來要看手看腳，手上有沒有皮膚病，腳樣與大小。她氣得跟哥哥嫂嫂大吵了一場，給別人聽見了還當她知道，情願給他們相看，說不成又還當是人家看不中。

她哥哥嫂子大概倒是從來沒想到在她身上賺筆錢，一直當她是賠錢貨，做二房至少不用辦嫁妝。至今他們似乎也沒有拿她當做一條財路，而是她攔著不讓他們發筆現成的小財。她在家裏越來越難做人了。

附近這些男人背後講她，拿她派給這個那個，彼此開玩笑，當著她的面倒又沒有話說。有兩個胆子大的伏在櫃台上微笑，兩隻眼睛涎澄澄的。她裝滿一瓶油，在櫃台上一秤，放下來。

「一角洋錢。」

「嘖，嘖！為什麼這麼兇？」

她向空中望著，金色的臉漠然，眉心一點紅，像個神像。她突然吐出兩個字，「死人！」一扭頭吃吃笑起來。

他心癢難搔地走了。

只限於此，徒然叫人議論，所以雖然是出名的蔴油西施，媒人並沒有踏穿她家的門檻。十八歲還沒定親，現在連自己家裏人都串通了害她。漂亮有什麼用處，像是身邊帶著珠寶逃命，更加危險，又是沒有市價的東西，沒法子變錢。

青色的小蜢蟲一陣陣撲著燈，沙沙地落在桌上，也許吹了燈涼快點。她坐在黑暗裏搧扇子。男人都是一樣的。有一個彷彿稍微兩樣點，對過藥店的小劉，高高的個子，長得漂亮，倒像女孩子一樣一聲不響，穿著件藏青長衫，白布襪子上一點灰塵都沒有，也不知道他怎麼收拾得這樣乾淨，住在店裏，也沒人照應。她常常看見他朝這邊看。其實他要不是胆子小，很可以藉故到柴家來兩趟，因為他和她外婆家是一個村子的人，就在上海附近鄉下。她外公外婆都還在，每次來常常彎到藥店去，給他帶個信，他難得有機會回家。

過年她和哥哥嫂子帶孩子們到外婆家拜年，本來應當年初一去的，至遲初二三，可是外婆家窮，常靠炳發幫助，所以他們直到初五才去，在村子裏玩了一天。她外婆提起小劉回來過年，已經回店裏去了。銀娣並沒有指望著在鄉下遇見他，但是仍舊覺得失望。她氣她哥哥嫂子到初五才去拜年，太勢利，看不起人，她母親在世不會這樣。想著馬上眼淚汪汪起來。

她一直喜歡藥店，一進門青石板鋪地，各種藥草乾澀的香氣在寬大黑暗的店堂裏冰著。這種店上品。前些時她嫂子坐月子，她去給她配藥，小劉迎上來點頭招呼，接了方子，始終眼睛也沒抬，微笑著也沒說什麼，背過身去開抽屜。一排排的烏木小抽屜，嵌著一色平的雲頭式白銅栓，看他高高下下一隻隻找著認著，像在一個奇妙的房子裏住家。她尤其喜歡那玩具似的小秤。回到家裏，發現有一大包白菊花另外包著，藥方上沒有的。滾水泡白菊花是去暑的，她不怎麼愛喝，一股子青草氣。但是她每天泡著喝，看著一朵朵小白花在水底胖起來，緩緩飛升到碗面。一直也沒機會謝他一聲，不能讓別人知道他拿店裏東西送人。

此外也沒有什麼了。她站起來靠在窗口。藥店板門上開著個方洞，露出紅光來，與別家不同。洞上糊上一張紅紙，寫著「如有急症請走後門」，紙背後點著一盞小油燈。她看著那通宵亮著的明淨的紅方塊，不知道怎麼感到一種悲哀，心裏倒安靜下來了。

二

大餅攤上只有一個男孩子打著赤膊睡在揉麵的木板上。腳頭的鐵絲籠裏沒有油條站著。早飯那陣子忙，忙過了。

剃頭的坐在凳子上打盹。他除了替男主顧梳辮子，額上剃出個半禿的月亮門，還租毛巾臉盆給人洗臉，剃頭担子上自備熱水。下午生意清，天又熱，他打瞌睡漸漸伏倒在臉盆架上，把臉埋在洋磁盆裏。

一個小販挑著一担子竹椅子，架得有丈來高，堆成一座小山。都是矮椅子，肥唧唧的淡青色短腿，短手臂，像小孩子的鬼。他在陰涼的那邊歇下担子，就坐在一隻椅子上盹著了。

店門口一對金字直匾一路到地，這邊是「小磨蔴油生油蔴醬」。銀娣坐在櫃台後面，拿著隻鞋面鎖邊。這花樣針腳交錯，叫「錯到底」，她覺得比狗牙齒文細些，也別致些，這名字也很有意思，錯到底，像一齣苦戲。手汗多，針澀，眼睛也澀。太陽晒到身邊兩隻白洋磁大缸上，雖然蓋著，缸口拖著花生醬的大舌頭，蒼蠅嗡嗡的，聽著更瞌睡。

她一抬頭看見她外公外婆來了，一先一後，都舉著芭蕉扇擋著太陽。他們一定又是等米下鍋，要不然這麼熱的天，不會老遠從鄉下走了來。她只好告訴他們炳發夫婦都不在家，帶著孩子們到丈人家去了。

她一看見他們就覺得難過，老夫妻倆笑嘻嘻，腮頰紅紅的，一身褪色的淡藍布衫袴，打著補釘。她也不問他們吃過飯沒有，馬上拿抹布擦桌子，擺出兩副筷子，下廚房熱飯菜，其實已經太陽偏西了。她端出兩碗剩菜，朱漆飯桶也有隻長柄，又是那隻無所不在的鵝頭，翹得老高。她替他們裝飯，用飯勺子拍打著，堆成一個小丘，圓溜溜地突出碗外，一碗足抵兩碗。她外婆還說，「揿得重點，姑娘，揿得重點。」

老夫婦在店堂裏對坐著吃飯，太陽照進來正照在臉上，眼睛都睜不開，但是他們似乎覺都不覺得，沉默中只偶然聽見一聲碗筷叮噹響。她看著他們有一種恍惚之感，彷彿在斜陽中睡了一大覺，醒過來只覺得口乾。兩人各吃了三碗硬飯，每碗結實得像一隻拳頭打在肚子上。老太婆幫她洗碗，老頭子坐下來，把芭蕉扇蓋在臉上睡著了。

她們洗了碗回到店堂前，遠遠聽見三絃聲。算命瞎子走得慢，三絃聲斷斷續續在黑瓦白粉牆的大街小巷穿來穿去，彈的一支簡短的調子再三重複，像迴文錦卍字不斷頭。聽在銀娣耳朵裏，是在預言她的未來，彎彎曲曲的路構成一個城市的地圖。她伸手在短衫口袋裏數銅板。她外婆也在口袋裏掏出錢來數，喃喃地說，「算個命。」老太婆大概自己覺得浪費，吃吃笑著。

「外婆你要算命？」她精明，決定等著看給她外婆算得靈不靈再說。

她們在門口等著。

「算命先生！算命先生！」

她希望她們的叫聲引起小劉的注意，他知道她外婆在這裏，也許可以溜過來一會，打聽他村子裏的消息。但是他大概店裏忙，走不開。

「算命先生！」

自從有這給瞎子做妾的話，她看見街上的瞎子就有種異樣的感覺，又討厭又有點怕。瞎子走近了，她不禁退後一步。老太婆托著他肘彎攙他過門檻。他沒有小孩帶路，想必他實在熟悉這地段。年紀不過三十幾歲，穿著件舊熟羅長衫，像個裁縫。臉黃黃的，是個獅子臉，一條條橫肉向下掛著，把一雙小眼睛也往下拖著，那副酸溜溜的笑容也像裁縫與一切受女人氣的行業。

老太婆替他端了張椅子出來，擱在店門口。「先生，坐！」

「噢，噢！」他捏著喉嚨，像唱彈詞的女腔道白。他先把一隻手按在椅背上，緩緩坐下身去。

老太婆給自己端張椅子坐在他對面，幾乎膝蓋碰膝蓋，唯恐漏掉一個字沒聽見。她告訴了他時辰八字，他喃喃地自己咕噥了兩句，然後馬上調起絃子，唱起她的身世來，熟極而流。銀娣站在她外婆背後，唱得太快，有許多都沒聽懂，只聽見「算得你年交十四春，堂前定必喪慈親。算得你年交十五春，無端又動紅鸞星。」她不知道外婆的母親什麼時候死的，但是彷彿聽見說是從小定親，十七歲出嫁。算得不靈，她幸而沒有叫他算，白糟蹋錢。她覺得奇怪，老婦人似乎並沒有聽出什麼錯誤。她是個算命的老手，聽慣那一套，決不會不懂。她不住地點頭，嘴裏「唔，唔，」鼓勵他說下去。對於歷年發生的事件非常滿意，彷彿一切都不出她所料。

她兩個兒子都不成器。算命的說她有一個兒子可以「靠老終身」，有十年老運。

「還有呢？還有呢？」她平靜地追問。「那麼我終身結果到底怎樣？」

銀娣實在詫異，到了她這年紀，還另有一個終身結果？

算命的嘆了口氣。「終身結果倒是好的哩！」他又唱了兩句，將剛才應許她的話又重複了一遍。

「還有呢？」平靜地，毫不放鬆。「還有呢？」

銀娣替她覺得難為情。算命的微窘地笑了一聲，說：「還有倒也沒有了呢，老太太。」

她很不情願地付了錢，攙他出店。這次銀娣知道小劉明明看見她們，也不打招呼。她又氣又疑心，難道是聽見什麼人說她？是為了她那天晚上罵那木匠，還是為那回相親的事？

「太陽都在你這邊，」她外婆說。是不是拿他們的店和對過藥店比？倒像是她也看見了小劉也不理他？

「不曉得你哥哥什麼時候回來，」老太婆坐定下來說。「我有話跟他們說。」她大模大樣添上了一句。她除了借錢難得有別的事來找他們，所以非常得意，到底忍不住要告訴銀娣。「小劉先生的娘昨天到我們那裏來。小劉先生人真好，不聲不響的，脾氣又好。」

銀娣馬上明白了。

她繼續自言自語，「他這行生意不錯，店裏人緣又好，都說他寡婦母親福氣，總算這兒子給她養著了。雖然他們家道不算好，一口飯總有得吃的。家裏人又少，姐姐已經出嫁了，妹妹也就快了。他娘好說話。」

銀娣只顧做鞋，把針在頭髮上擦了擦。

「姑娘，我們就你一個外孫女兒，住得近多麼好。你不要怕難為情，可憐你沒有母親，跟外婆說也是一樣的，告訴外婆不要緊。」

「告訴外婆什麼？」

「你跟外婆不用怕難為情。」

「外婆今天怎麼了？不知道你說些什麼。」

老太婆呷呷地笑了，也就沒往下說。她顯然是願意的。算命的兜了個圈子又回來了。遠遠聽見三絃琤琮響，她在喜悅中若有所失。她不必再想知道未來，她的命運已經注定了。

她要跟他母親住在鄉下種菜，她倒沒想到這一點。他一年只能回來幾天。澆糞的黃泥地，刨鬆了像糞一樣纍纍的，直伸展到天邊。住在個黃泥牆的茅屋裏，伺候一個老婦人，一年到頭只看見季候變化，太陽影子移動，一天天時間過去，而時間這東西一心一意，就光想把她也變成個老婦人。

小劉不像是會鑽營的人。他要是做一輩子夥計，她成了她哥嫂的窮親戚，和外婆一樣。人家一定說她嫁得不好，她長得再醜些也不過如此。終身大事，一經決定再也無法挽回，尤其是女孩子，尤其是美麗的女孩子。越美麗，到了這時候越悲哀，不但她自己，就連旁邊看著的人，往往都有種說不出來的惋惜。漂亮的女孩子不論出身高低，總是前途不可限量，或者應當說不可測，她本身具有命運的神秘性。一結了婚，就死了個皇后，或是死了個名妓，誰也不知道是哪個。

她自己也不知道為什麼，她外婆再問炳發什麼時候回來，她回說：「他們不回來吃晚飯。」老夫婦不能等那麼久，只好回去了，明天再來。

他們剛走沒多少時候，炳發夫婦帶著孩子們回來了，聽見說他們來過，很不高興。炳發老婆說他們沒多少日子前頭剛來要過錢。吃一頓飯的工夫，她不住地批評他們過日子怎樣沒算計，又禁不起騙，還要顧兩個不成器的兒子。

銀娣沒說什麼。她心事很重。劉家這門親事他們要是不答應怎麼樣？這不是鬧的事。一定要嫁，與不肯又不同。給她嫂嫂講出去，又不是好話。

晚飯後有人打門，一個女人啞著喉嚨叫炳發嫂，聽上去像那個吳家裏。她又來幹什麼？

偏偏剛趕著這時候，劉家的事恐怕更難了。聽炳發老婆下樓去開門招呼，聲音微帶窘意，也是為了那回給姚家說媒的事。吳家嬸嬸倒哇啦哇啦，一上樓就問：「你們姑娘呢？已經睡了？我做媒出了名了，我一到姑娘們都躲起來。」

她滿臉雀斑，連手臂上都是，也不知是壽斑。看不出她多大年紀，黑黑胖胖，矮矮的，老是鼓著眼睛，一本正經的神氣，很少笑容。藍夏布衫汗濕了黏在身上，做波浪形，像一身橫肉。走到燈光底下，炳發老婆看見她戴著金耳環金簪子，髻上還插著一朵小紅絨花。

「到哪兒去吃喜酒的？」

「到姚家去的，給他們老太太拜壽。」

「我們今天也出去的，剛回來，」炳發老婆說。

「吃了老太太的壽酒馬上跑到你這兒來，這是你的事，不然這大熱天，我還真不幹。」

「噯，今天真熱，到這時候都一點風都沒有。」

吳家嬸嬸把芭蕉扇在空中往下一撳，不許再打岔。「今天也真巧，剛巧我在那兒的時候他們少爺少奶奶來給老太太拜壽，老太太看見他們都一對對的，就只有二爺一個人落了單。後來老太太就說，應當給二爺娶房媳婦，不然過年過節，家裏有事的時候不好看，單只二房沒有人。只要姑娘好，家境差些不要緊。我就說，先提的那個柴家姑娘正合適。老太太罵：老吳，你碰了一次釘子還不夠，還要去碰釘子？天下的女孩子都死光了？難道非要他們家的？」

炳發夫婦只好微笑。

她用扇子搔了搔頸項背後。「我拚著老臉不要了，我說老太太，這就看出這位姑娘有志氣，不管怎樣了不起的人家，她不肯做小。孔夫子說的，娶妻娶德，娶妾娶色。這不是說人家長得不好，老太太自己的人親眼看過的，不用我誇口。老太太笑，說孔夫子幾時說過這話？不過你這話倒也有點道理。」

她看他們夫婦倆還是笑著不開口，她把芭蕉扇向衣領背後一插，頭一伸，湊近些，把聲音低了一低：「我向來有一句說一句。不怕你們生氣的話，老太太說店家開在內地不要緊，在本地太近，親戚面上不好意思。我說嘿咦！老太太你不知道他們本地人，這些城裏老生意人家，差不多的外路人他們還不肯給——是不是？」

「要是過去做大，那是再好也沒有，」炳發老婆的口氣還有點遲疑。

「不怪你們不放心，你們是不知道，你出去打聽打聽，他們姚家還怕娶不到姨奶奶，還要拿話騙人？本來也是為了老太太有那句話，二房沒有人，娶這姨奶奶是要當家的，所以又要出身好，又要會寫會算，相貌又要好，所以難了，要不然也不會耽擱這些時，也是你們姑娘福氣。你等著看，三茶六禮，紅燈花轎，少一樣你拉著老吳打她嘴巴。真的運氣來了連城牆都擋不住。也不知道你們祖上積了什麼德，這樣的親事打燈籠都找不到。」

炳發咳嗽了一聲打掃喉嚨。「我們當然，還有什麼話說。不過我妹妹要先問她一聲，她也有這麼大了——」

「哥哥嫂嫂到底跟父母不同，」他老婆說。

「這是一輩子事，還是問她自己。」

「你問她。你們姑娘又不傻。他們家的兩個少奶奶，大奶奶是馬中堂家的小姐，三奶奶是吳宮保的女兒，都是美人似的，一個賽一個。所以老太太說這回娶少奶奶也要特別漂亮，不能虧待了二爺。他們二爺才比你們姑娘大三歲。他眼睛不方便，不過人家都說兄弟幾個是他最好。學問又好，又和氣又斯文，像女孩子一樣。等你們姑娘過去了，要是我說的有一樣不對，是他們北邊人說的，叫我站著死，我不敢坐著死。」

大家都笑了。她說明天來討回話。她走了，炳發老婆和他嘁嘁促促商議了一會，獨自到隔壁房裏去，銀娣背對著門坐著做鞋。

「姑娘，吳家嬸嬸說的你都聽見了。」她在床上坐下來，又告訴了她一遍。「姑娘你說怎麼樣？」問了幾遍沒有動靜，胆子大起來，把她的針線一把搶了過去。「姑娘，說話呀！」

她低著頭撕芭蕉扇上的筋紋。

「你說。說呀！」

迸了半天，她猛然一扭身，辮子甩出去老遠，背對著她嫂子坐著。「討厭！」

「好了，姑娘開了金口了。」炳發老婆笑著站起來萬福。「恭喜姑娘。」

她走了。這房間彷彿變了，燈光紅紅的。銀娣坐著撕扇子上的筋紋。她嫁的人永遠不會看見她。她這樣想著，已經一個人死了大半個，身上僵冷，一張臉塌下去失了形，珠子滾到黑暗的角落裏。她見到的瞎子都是算命的。有的眼睛非常可怕。媒人的話怎麼能相信，但是她一方面警誡自己，已經看見了他，像個戲台上的小生，肘彎支在桌上閉著眼睛睡覺，漂亮的臉搽得紅紅白白。她以後一生一世都在台上過，腳底下都是電燈，一舉一動都有音樂伴奏。又像燈籠上畫的美人，紅袖映著燈光成為淡橙色。

她想起小劉。都是他自己不好，早為什麼不托人做媒？他就是這樣。他這樣的人不會有多大出息的。也甚至於是聽見人家說她，也有點相信，下不了決心。有這樣巧的事，剛趕著今天跟姚家一齊來。也是命中注定的。

鄰居嬰兒的哭聲，咳嗽吐痰聲，踏扁了鞋跟當做拖鞋，在地板上擦來擦去，擦掉那口痰，這些夜間熟悉的聲浪都已經退得很遠，聽上去已經渺茫了，如同隔世。沒有錢的苦處她受夠了。無論什麼小事都使人為難，記恨。自從她母親死後她就嘗到這種滋味，父親死的時候她還小，也還沒娶嫂子。可惜母親不在了，沒看到這一天。

她翻來覆去，草蓆子整夜沙沙作聲，床板格格響著。她不知道什麼時候睡著了，一會又被黎明的糞車吵醒。遠遠地拖拉著大車來了，木輪轔轔在石子路上輾過，清冷的聲音，聽得出天亮的時候的涼氣，上下一色都是潮濕新鮮的灰色。時而有個伕子發聲喊，叫醒大家出來倒馬桶，是個野蠻的吠聲，有音無字，在朦朧中聽著特別震耳。彷彿全世界只剩下他一個人，所以也忘了怎麼說話。雖然滿目荒涼，什麼都是他的，大喊一聲，也有一種狂喜。

她嫂子起來了，她姑娘家不能摸黑出門去。在樓梯口拎了馬桶下去，小腳一搠一搠，在樓梯板上落腳那樣重，一聲聲隔得很久，也很均勻，咚——咚——像打樁一樣。跟著是撬開一扇排門的聲音。在這些使人安心的日常的聲音裏，她又睡著了。

三

三朝回門那天，店裏上了排門，貼出一張紅紙，「家有喜事，休業一天。」店堂裏擺上供祖先的桌子，牆上掛著舊貨攤上買來的畫像，炳發揀了長得富泰些的男女，補服的品級較低的。這也不算太過於，現在差不多過得去的人家都捐官。椅帔桌圍是租來的，磁器與香爐蠟台都是辦喜事現買的，但是這錢花得心安理得。

親戚已經都到齊了，吳家嬸嬸忽然來送信，說今天不回門，二爺不大舒服，老太太不讓他出來，他向來身體單弱。炳發夫婦猜著這是避免給柴家祖宗磕頭，當然客人們也都是這樣想，一方面表示關切，也不便多問，話又回到新娘子身上，從小就看得出她為人，又聰明又大方，待人又好，是個有福氣的人。吳家嬸嬸本來今天不肯來，說當著二爺和新二奶奶，沒有她的坐處，現在沒關係了，炳發夫婦忍著口氣，拉著她留吃飯。菜是館子裏叫來的，冷盆已經擺在祭桌上許多時候，給祖宗與蒼蠅享受。開飯另外擺上圓桌面，吳家嬸嬸一吃完就推有事，匆匆走了，不讓柴家有機會對她抱怨。

大家都還坐著說話，街上孩子們喊了起來，「看新娘子，看新娘子喔！」

「不是我們家的？」

一担担方糕已經挑到門口，一疊疊裝在朱漆描金高櫃子裏，上面沒有蓋，露出一片刺眼的深粉紅色糕面。柴家忙著放炮仗，撤檯面，騰地方，打發挑夫，總算趕上轎子到門放鞭炮。兩輛綠呢大轎，現在不大看見轎子了，這是特為僱的，男女僕坐著人力車跟著，下了車黑壓壓圍上來。男傭把新郎抱了出來，揹在背上揹進去，一個在旁邊替他扶著帽子，瓜皮帽鑲著紅玉帽正，怕掉下地去。炳發這還是第一次看見他妹妹嫁的人，前雞胸後駝背，張著嘴，像有氣喘病，要不然也還五官端正，蒼白的長長的臉，不過人縮成一團，一張臉顯得太大。眼睛倒也看不大出，瞇睫著一雙弔梢眼，時而眨巴眨巴向上瞄著，可以瞥見兩眼空空，有點像洋人奇異的淺色眼睛。他先怔住了，看見姚家僕人驅逐閒人，他連忙幫著趕，陪笑張開手臂攔著。

「對不起對不起，大家讓開點，今天只有自己家裏人。」

大家也微笑，仍舊挨挨擠擠踮著腳望，這一會工夫已經圍上許多人。新娘子跟在後面，兩個喜娘攙著，戴著珍珠頭面，前面也是人字式，正罩住前劉海。頭上像長上一層白珊瑚殼，在陽光中白燦燦的。纍纍的珠花珠鳳掩映下，垂著眼睛，濃抹胭脂的眼皮與腮頰紅成一片，穿著天青對襟褂子，大紅百褶裙，每一褶夾著根裙帶，弔著個小金鈴鐺。在爆竹聲中也聽不見鈴聲，拜祖先又放了一通炮仗。兩個喜娘攙著新娘子，兩個男傭人搬弄著新郎，紅氈上簡直擠不下。

柴家僱來幫忙的人早已關上那扇門板，門口的人還圍著不散，女人抱著孩子站著。有兩個半大的男孩子嘰咕著，「什麼稀奇，不給人看。要不要到城隍廟去，三個銅板看一看。」「三個銅板看一看，三個銅板看一看！」孩子們拍著手跳著唱，小的也跟著起鬨。傭人去攆，一窩蜂跑了又回來，遠遠的在街角跳跳蹦蹦唱著。

裏面另擺桌子，一對新人坐在上首，新郎坐不直，直塌下去。相形之下，新娘子在旁邊高坐堂皇，像一尊神像，上身特別長。店堂裏黑洞洞的，只有他們背後祭桌上的燭火。兩個喜娘一身黑，都是小個子，三十來歲，嘰哩喳啦應酬女家的親戚，只聽見她們倆說話。炳發老婆捧上茶來，茶碗蓋上有隻青果。「姑爺姑奶奶吃青果茶，親親熱熱。」

兩個喜娘輪流敬糖果。「新郎官新娘子吃蜜棗，甜甜蜜蜜。」「吃歡喜團，團團圓圓。」「新娘子吃棗子桂圓，早生貴子。」

坐了一會，炳發老婆低聲附耳說，「姑奶奶可要上樓去歇歇？」

銀娣站起來，跟著她上樓去，看見她自己房裏東西都搬空了，只剩一張床，帳子也拆了下來，只鋪著一張破蓆子。桌子椅子都拿到樓下去了，因為今天人多，不夠用。她像是死了，做了鬼回來。

「姑奶奶到我房裏去，這裏沒地方坐。」

但是她仍舊進去坐在床上。炳發老婆在她旁邊坐下來。她哭了起來。

「姑奶奶不要難過。姑爺雖然身體不好，又不靠他出去掙飯吃，他們那樣的人家還愁什麼？姑爺樣樣事靠你照應他，更比平常夫妻不同。姑奶奶向來最要強的，別人眼紅你還來不及，你不要傻。」

銀娣別過身去。

「姑奶奶不要難過，明年你生個兒子，照他們這樣的人家，將來還了得？你享福的日子在後頭呢。」

銀娣臉上的胭脂把濕手帕都染紅了。

「姑奶奶不要難過了，臉上又要補粉。我去打個手巾把子。」

正說著，樓下忽然一陣喧嘩，似乎是外面來的，嚇了她一跳，連忙到窗口去看，是那班轎夫在門口嚷成一片。

「舅老爺高升點！舅老爺高升點！」

有人蹬蹬蹬跑上樓來，是她大兒子。「爸爸說再拿點錢來，」他輕聲說，站在門口等著。

「曉得了。我馬上下去。」她也等著，等他下去了才到她房裏去開箱子。

她走了，銀娣才站起來，躲在窗戶一邊張看。門口圍得更多了。灰色的石子路上斑斑點點，都是爆竹的粉紅紙屑。一隻椅子倚在隔壁牆上，有一個梯級上搭著一件柳條布短衫，挽了個結。是那木匠的梯子，她認識他的衣服。他一定是剛下工回來，剛趕上看熱鬧。小劉也在，他的臉從人堆裏跳出來，馬上別人都成了一片模糊。他跟另一個夥計站在對過門口，都背剪著手朝這邊望著，也像大家一樣，帶著點微笑。所有這些一對對亮晶晶的黑眼睛都是蒼蠅叮在個傷口上。她不是不知道這一關難過，但是似乎非挺過去不可。先聽見說不回門，還氣得要死。辦喜事已經冷冷清清的。聘禮不過六金六銀，據她哥哥說是北邊規矩。本地講究貴重的首飾，還有給一百兩金子的，銀子論千。沒吃過豬肉，也看見過豬跑，就當他們這樣沒見過世面，沒個比較。她哥哥嫂嫂當然是揀好的說，講起來是他們家少爺身體不好，所以沒有鋪張，大概也算是體諒女家。替他們代辦嫁妝，先送到他們店裏，再送到男家，她看著似乎沒什麼好。等過了門，嫁妝擺在新房裏，男家親戚來看，都像是不好說什麼，連傭人臉上的神氣都看得出。再沒有三朝回門，這還是娶親？還是討小？以後在他家怎樣做人？

她來到他家沒跟新郎說過話。今天早上確實知道不回門，才開口跟他說他家裏這樣看不起她。

「你坐到這邊來。」他那高興的神氣她看著就有氣。「我聽不見。」

「眼睛瞎，耳朵也聾？」

他沉下臉來，恢復平時那副冷漠的嘴臉，倒比較不可惡。兩人半天不說話，她又坐到床上去，坐在他旁邊，牽著鈕釦上掖著的一條狗牙邊湖色大手帕，抹抹嘴唇，斜瞟了他一眼，把手帕一甩，撣了撣他的臉。「生氣了？」

「誰生氣？氣什麼？」他的手找到她的膝蓋，慢慢地往上爬。

「不要鬧。噯！——上床夫妻，下床君子。噯——再鬧真不理你了。你今天不跟我回去給我爹媽磕頭，你不是他們的女婿，以後正好不睬你，你當我做不到？」

「又不是我說不去。」

但是她知道他怕出去，人雜的地方更怕。「那你不會想辦法跟老太太說？」

「從來沒聽說過，才做了兩天新郎就幫著新娘子說話，不怕難為情？」

「你還怕難為情？都不要臉！」她把他猛力一推，趕緊扣上鈕釦，探頭望著帳子外面，怕有人進來。

他神氣僵硬起來，臉像一張團縐的硬紙。她自己也覺得說話太重了，又加上一句，「男人都是這樣，」又把他一推。

他馬上軟化了。「你別著急，」他過了一會才說。「我知道，這都是你的孝心。」歸在孝心上，好讓他名正言順地屈服。於是他們落到這陷阱裏，過了陰陽交界的地方，回到活人的世界來，比她記得的人世間彷彿小得多，也破爛得多，但是仍舊是唯一的真實的世界。她認識的人都在這裏——鬧烘烘的都在她窗戶底下，在日常下午的陽光裏。她恨不得澆桶滾水下去，統統燙死他們。

樓下鬧得更厲害了。新的一批紅封想必已經分派了出去，轎夫們馬上表示不滿。

「舅老爺高升點！」

「好了好了，你們這些人，心平點，」姚家的男傭七嘴八舌鎮壓著，更嚷成一片。「舅老爺對你們客氣，你們心還不足？」「好了好了，舅老爺給面子，你們索性上頭上臉的，看我們回去不告訴。」

「舅老爺高升點！舅老爺高升點！」

四

老夏媽的闊袖子空垂在兩邊。她把手臂縮到大棉襖裏當胸抱著，這是她冬天取暖的一個辦法。在暗黃的電燈泡下，大廚房像地窖子一樣冷。高處有一隻小窗戶，安著鐵條，窗外黎明的天色是蟹殼青。後院子裏一隻公雞的啼聲響得刺耳，沙嗄的長鳴是一隻破竹竿，抖呵呵的豎到天上去。

廚子去買菜了。「二把刀」與另一個打雜的在後院子裏拖著腳步，在水龍頭底下漱口，淘米，打呵欠，吐痰咳嗽，每一個清晨的聲音都使老夏顫慄一下，也不無一種快感。

她在姚家許多年，這房派到那房，沒人要，因為愛吃大蒜，後來又幾乎完全禿了，腦後墜著個洋銀大的假髮，也只有一塊洋錢厚薄。亮晶晶的頭頂上抹上些烟煤，也是寫意畫，不是寫實。現在她在二奶奶房裏，新二奶奶和別的少奶奶一樣有四個老媽子，兩個丫頭，所以添上她湊足數目。

一個女孩子穿著粉紅斜紋布棉襖，棗紅綢棉袴，揉著眼睛走進來，辮子睡得毛毛的。

「夏奶奶早。」她伸手摸摸白泥灶上的黑殼大水壺，水還沒熱，她看見手指染黑了，做了個鬼臉，想在老夏頭上擦手。

「小鬼，你幹什麼？」老夏一邊躲著，叫了起來。

「讓我替你抹上。」

「臘梅，別鬧！」

臘梅看看手指比以前更黑了。「原來你已經打扮好了，」她咕噥著，在牆上一隻釘上掛著的廚子的藍布圍裙上擦手。「不怪你下來得這麼早，不叫人看見你裝假頭髮。」

「別胡說，下來晚了還拿得到熱水？天天早上打架一樣。」

臘梅把袖子往後一擄，去摸灶後另一隻水壺。「這隻行了。」她拎了起來。

「噯，那是我的，我等了這半天了。」

「大奶奶等著洗臉呢，耽誤了要罵。」

「二奶奶不罵？」

「還是新娘子，好意思罵人？」

「嚇！你沒聽見她。」

「哦？怎麼罵？」臘梅連忙湊過來低聲問，被夏媽劈手搶她的水壺。

「還不拿來還我？也有個先來後到的。」

「廚子現在不知道在哪兒買油。在別處買二奶奶不生氣？」

「還要瞎說？快還我。」

「你看你看，水潑光了大家沒有。你拿那一壺不是一樣？都快滾了，嗡嗡響。」

「我怎麼不聽見？」

「你耳朵更聾了，夏奶奶。」

那女孩子把水拎走了，老夏發現她上了當，另一壺水一點也不熱。廚房裏漸漸人來得多了，都是不好惹的，不敢再等下去，只好提著壺溫吞水上去。樓上一間間房都點著燈，靜悄悄半開著門，人影幢幢。少奶奶們要一大早去給老太太請安，老太太起得早。

銀娣在鏡子裏看見老夏進來，別過頭來咬著牙低聲說，「我當你死在樓底下了。」梳頭的替她倒插著一把小象牙梳子，把前劉海掠上去，因為還沒有洗臉。

「我等來等去，又讓臘梅拎走了。一個個都像強盜一樣。」

「誰叫你飯桶，為什麼讓她拿去，你是死人哪？」銀娣不由自主提高了聲音。二爺還睡著，放著湖色夏布帳子，帳門外垂著一對大銀鈎。

夏媽背過身去倒水，嘴唇在無表情的臉上翕動，發出無聲的抗議。大清早上口口聲聲「當你死在樓下，」「你是死人，」當著梳頭的，也不給人留臉。她比梳頭的早來多少年？也不想想，都是自己害底下人為難。不信，明天自己去拎去。

銀娣走到紅木臉盆架子跟前，彎下腰草草擦了把臉，都來不及嚷水冷。在手心調了點水粉，往臉上一抹，撕下一塊棉花胭脂，蘸濕了在下唇塗了個滾圓的紅點，當時流行的抽象化櫻桃小口。她曾經注意到他們家比外面女人胭脂搽得多，親戚裏面有些中年女人也搽得猴子屁股似的，她猜是北邊規矩，在上海人看來覺得鄉氣，衣服也紅紅綠綠，所有時行的素淡的顏色都不許穿，說像穿孝，老太太忌諱。臉上不夠紅，也說像戴孝。她一橫心把兩隻手掌塗紅了，按在兩邊臉上，從眼皮起往下一抹。梳頭的幫她脫了淡藍布披肩，兩個小丫頭等著替她戴戒指，戴金指甲套，又跟在後面跑，替她把緊窄的灰鼠長襖往下扯了扯。

妯娌們坐著等老太太起身的那間外房，已經一個人也沒有。裏面聽見老太太咳嗽打掃喉嚨，「啃啃！」第二個「啃」特別提高，聽著震心，尤其是今天她來晚了。老太太顯然已經起來了，穿著木底鞋，每次站起來總是兩隻小腳同時落地，磕托一聲砸在地板上。她個子矮小，坐著總是兩腳懸空。

門鈕上掛著塊紅羽紗。老太太的規矩，進出要用這抹布包著門鈕。黃銅門鈕擦得亮晶晶的，怕沾了手汗。她進去看見老太太用異樣的眼光望了她一眼，才知道她心慌忘了用抹布。她低聲叫了聲媽。老太太在鼻子上部遠遠地哼了哼。媳婦不比兒子女兒，不便當面罵。她的小癟嘴吸著旱烟，核桃臉上只有一隻尖下巴往外抄著。她別過臉來，將下巴對準大奶奶。「人家一定當我們鄉下人，天一亮就起來。」

大奶奶三奶奶都用手絹子摀著嘴微笑。

她轉過下巴對準了三奶奶。「我們過時了，老古董了。現在的人都不曉得怕難為情了，哪像我們從前。」

沒人敢笑了。做新娘子的起來得晚了，那還用問是怎麼回事？尤其像她，男人身體這麼壞，這是新娘子不體諒，更可見多麼騷。銀娣臉上顏色變了，突然退潮似的，就剩下兩塊胭脂，像青蘋果上的紅暈。老太太本來難得跟她說話，頂多問聲二爺身體怎樣，但是彷彿對她還不錯，常向別的媳婦說，「二奶奶新來，不知道，她是南邊人，跟我們北邊規矩兩樣，」其實明知她與她們不同之點並不是地域關係。現在她知道那是因為她還是新娘子。對她客氣的時期已經過去了。

老洋房的屋頂高，房間裏只有一隻銅火盆，架在朱漆描金三腳架上，照樣冷。「那邊窗子關上，風轉了向了，」老太太對丫頭說。她整個是個氣象台。「開這邊的，開小半扇。」她成天跟著風向調度，使她這間房永遠空氣流通而沒有風。她在紅木炕床上敲旱烟斗的灰，「這兒冬天不算冷。南京那才冷。第一那邊房子是磚地。你們沒看見我們南京房子的上房，媳婦們立規矩的地方，一溜磚都站塌了。你們這些人都不知道你們多享福。」

大奶奶的孩子們各自由老媽子帶著進來叫奶奶，都縮在房門口，不敢深入。老太太問話，自有各人的老媽子代替回答。下一批是老姨太太們，然後是大爺。三奶奶與銀娣喃喃地叫了聲「大爺」，他向她們旁邊一尺遠近點了點頭，很快地答應了聲「噯。」他是瘦高個子，大眼睛，眼白太多，有時目空一切的神氣。老太太問他看墳的來信與晚上請客的事。他沒坐一會就溜走了。

十一點鐘，老太太問，「三爺還沒起來？」

「不曉得。叫他們去看看。」三奶奶向房門口走。

「不要叫他，讓他多睡一會，」老太太說，「昨天又回來晚了？」帶著責備的口氣。

「他昨天倒早，不過我聽見他咳嗽，大概沒睡好。」

「咳嗽吃杏仁茶。這個天，我也有點咳嗽。」

「媽吃杏仁茶？我們自己做，傭人手不乾淨，」大奶奶說。

老太太點點頭。「二爺怎麼樣？氣喘又發了？」

皇恩大赦，老太太跟她說話了。銀娣好幾個鐘頭沒開口，都怕喉嚨顯得異樣，又不便先咳聲嗽。「二爺今天好些。這回大夫開的方子吃了還好。」

她站在原處沒動，但是周身血脈流通了。

老太太叫丫頭們剪紅紙，調漿糊，一枝水仙花上套一個小紅紙圈，媳婦們也幫著做。買了好些盆水仙花預備過年，白花配著黃色花心，又嫌不吉利，要加上點紅。派馬車接她娘家的一個姪孫女來玩，老太太房裏開飯，今天因為有個小客人，破例叫媳婦們都坐下來陪著吃。一個大砂鍋雞湯，面上一層黃油封住了，不冒熱氣，銀娣吃了一匙子，燙了嘴。老太太喜歡什麼都滾燙。

「嚇！這雞比我老太太還老，他媽的廚子混蛋，賺我老太太的錢，混賬王八蛋，狗入的。」她罵人完全官派，也是因為做了寡婦自己當家年數多了，年紀越大，越學她丈夫從前的口吻。罵溜了嘴，喝了口湯又說，「嚇！這雞比我老太太還鹹。」

媳婦們都低著頭望著自己的飯碗，不笑又不好。還是不笑比較安全。

吃完飯她叫人帶那孩子出去跟她孫子孫女兒玩，她睡中覺。媳婦們在外間圍著張桌子剝杏仁，先用熱水泡軟了。桌上鋪著張深紫色毯子，太陽照在上面，襯得一雙雙的手雪白。

打麻將？大奶奶鬼鬼祟祟笑著說。「再鋪上張毯子，隔壁聽不見。」

「三缺一，」三奶奶說。

「等三爺起來，」銀娣說。

「你當三爺肯打我們這樣的小麻將？」大奶奶兩腿交疊著，蹺起一隻腳，看了看那隻黑紗鏤空鞋，挖出一個外國字，露出底下墊的粉紅緞子。

「這是什麼字？」三奶奶說。

「誰曉得呢？你們三爺說是長壽。我叫他寫個外國字給我做鞋。可是大爺看見了說是馬蹄子，正配你。」

大家都笑了。「大爺跟你開玩笑，」三奶奶說。

「誰曉得他們？」大奶奶說。「也就像三爺幹的事。」

「他反正什麼都幹得出，」三奶奶也說。

他們兩兄弟都學洋文，因為不愛念書，正途出身無望，只好學洋務。姚家請了個洋先生住在家裏，保證是個真英國人，住在他們花園裏，一幢三層樓小洋房，好讓兄弟倆沒事的時候就去向他請教聲光化電的學問。學生從來不來，洋先生也得整天坐在家裏等著。難得去一趟，反而教洋先生幾句罵人的中國話，當做大笑話。每年重陽節那天預先派人通知，請他避出去，讓女眷們到三層樓上登高，可以一直望到張園，跑馬廳，風景非常好。

「你為什麼不把這字描下來，叫人拿去問洋先生？」銀娣說。

「不行，」大奶奶紅了臉。「誰曉得到底是什麼字？說不定比馬蹄還壞。」

銀娣吃吃笑著，「你等哪天外國人在花園裏走，你穿著這雙鞋出去，他要是笑，一定就是馬蹄。」

她們兩妯娌自己一天到晚開玩笑，她說句笑話她們就臉上很僵，彷彿她說的有點不上品。她懶得剝杏仁了，剝得指甲底下隱隱地瘈脹。她故意觸犯天條，在泡杏仁的水裏洗洗手，站起來望著窗外。這房子是個走馬樓，圍著個小天井，樓窗裏望下去暗沉沉的，就光是青石板砌的地。可是剛巧被她看見一輛包車從走廊裏拉進來，停在院子裏。

「咦，看誰來了！」其實他跟大爺兄弟倆長得很像，不過他眉毛睫毛都濃，頭髮生得低，剃了月亮門，青頭皮也還露出個花尖。「我當三爺還沒起來呢，這時候剛回來。」

「啊？」三奶奶模糊地說。「那他一定是早上溜出去了。」

「你看三奶奶多賢慧，護著三爺，」銀娣向大奶奶說。

「誰護著他？我怎麼曉得他出去了沒有，我一直跟你們在一起。」

「好了好了，」銀娣說，「你不替他瞞著，我們也恨不得替他瞞著，老太太生氣大家倒楣。」

三爺下了車走進廊上一個房門。包車座位背後插著根雞毛撣帚，染成鮮艷的粉紅與碧綠，車夫拿下來，得意洋洋撣著琤亮的新包車，上下四隻水月電燈。三爺晚上出去喜歡從頭到腳照得清清楚楚，像堂子裏人出堂差一樣。

「是要告訴三爺，他少奶奶多賢慧，他這樣沒良心，無日無夜往外跑，」銀娣說。

「大爺還不也是這樣，」大奶奶說。「誰都像二爺，一天到晚在家裏陪著你。」

「可不是，我們都羨慕你呵，二嫂，」三奶奶也說。「像二哥這樣的男人往哪兒找去。」

銀娣早已又別過身去向著窗外。包車夫坐在踏板上吸旱烟，拉拉白洋布襪子。

「這樣子像是還要出去，」她說。

「到賬房去這半天不出來，」她說。

她的兩個妯娌繼續談論過年做的衣服。為什麼到賬房去這半天，她們有什麼不知道？過年誰都要用錢。

一個男僕托著一隻大木盤盛著飯菜，穿過院子送進賬房。

「這時候才吃飯？兩個人吃。」她看見兩副碗筷。

然後又打洗臉水來。另一個人送梳頭盒子進去。

「他還不如搬進去跟賬房住還省事些，」她吃吃笑著。「真是，我們三爺是有奶就是娘。」

三奶奶的陪房李媽進來說，「小姐，姑爺要皮袍子。」她每次叫「小姐」，就提醒銀娣她自己沒有帶陪房的女傭來。

三奶奶伸手解脅下鈕釦上繫的一串鑰匙。「上來了？」

「在底下。叫程貴上來說。」

主僕倆都鬼鬼祟祟的，低聲咕噥著。

「三奶奶不要給他，」銀娣說。「老不回家，回來換了衣裳就走。」

「三奶奶不在乎嘿，要我們狗拿耗子，多管閒事，」大奶奶說。

「嗳，我這回就是要打個抱不平，我實在看不過去，他欺負你們小姐，」她對李媽說。

「你叫他自己來拿。」

李媽笑著站在那裏不動。三奶奶也笑，在一串鑰匙上找她要的那隻。

「三奶奶不要給他。你為什麼那麼怕他？」

「誰怕他？我情願他出去，清靜點，不像你跟二爺恩愛夫妻，一刻都離不開。」

「我們！像我們好了！你們才是恩愛夫妻。」

「我是不跟他吵架，」三奶奶說，「免得老太太說家裏不和氣，不怪他在家裏待不住。」

「嗳，總是怪女人，」銀娣說。「老太太要是知道你替他瞞著，不也要怪你。」

三奶奶聽這口氣，一定會有人去告訴老太太。她嘆了口氣。「咳！所以你曉得我的難處。」

「李媽，去告訴三爺老太太問起他好幾次，」銀娣說。「不上來一趟就走了，等會我們都不得了。」

三奶奶先還不開口。李媽望著她，她終於用下頦略指了指門口。「就說老太太找他。」

李媽這才去了。

五

賬房裏黑洞洞的，舊籐椅子都染成了油膩的深黃色，扶手上有個圓洞嵌著茶杯，男傭提著黑殼大水壺進來沖茶。三爺佔著張躺椅，卻欠身向前，兩肘擱在膝蓋上，挽著手，一副誠懇的神氣，半真半假望著賬房微笑。

「好了好了，老朱先生，不要跟我為難了。」

他袍子上穿著梅花鹿皮面小背心，黑緞闊滾，一排橫鈕，扣著金核桃鈕子。現在年青人興「滿天星」，月亮門上打著短劉海，只有一寸來長，直戳出來，正面只看見許多小點，不看見一縷縷頭髮，所以叫滿天星。他就連這樣打扮都不難看，頭剃得半禿，剃出的高額角上再加這麼一排刺。只要時行，總不至於不順眼，時裝這東西就是這樣。

老朱先生直搖頭，在籐椅上撅斷一小片籐子剔牙齒。「三爺這不是要我的好看？老太太說了，不先請過示誰也不許支。」

「你幫幫忙，幫幫忙，這回無論如何，下不為例。」

「三爺，要是由我倒好了。」

「你不會攤在別的項下，還用得著我教你？」

「天地良心，我為了三爺担了不少風險了，這回是實在沒法子騰挪。」

「那你替我別處想想辦法。你自己是個闊人。」

那老頭子發急起來。「三爺這話哪兒來的？我一個窮光蛋，在你們家三十年，我哪來的錢？」

「誰知道你，也許你這些年不在家，你老婆替你賺錢。」

「這三爺就是這樣！」老頭子笑了起來。

「反正誰不知道你有錢，不用賴。」

「我積下兩個棺材本，還不夠三爺填牙縫的。」

「不管怎麼樣，你今天非得替我想辦法。拜託拜託，」他直拱手。

「只好還是去找那老西，」老朱先生咂著舌頭自言自語。「不過年底錢緊，不知道一時拿得出這些錢吧？」

「好，你馬上就去。」他拿起淡青冰紋帽筒上套著的一頂瓜皮帽，拍在老朱先生頭上。

「這些人都是山西的回回，這些老西真難說話。你今天找著他，就沒的可說，他非要他的三分頭。」

「不管他怎麼，要是今天拿不到錢我不要他的。」

「三爺總是火燒眉毛一樣。」

「快去。我在你這兒打個盹，昨天打了一晚上麻將。」

「你不上樓去一趟？剛才說老太太找你。」

「就說我已經走了。給老太太一捉到，今天出去不成了。」但是他隨即明白過來，他在這裏不便，老朱先生沒法開箱子，拿存摺到錢莊去支錢。當然並沒有什麼山西回回，假託另一個人，講條件比較便當，討債也比較容易。他年紀雖然輕，借錢是老手了。

「好好，我上去看看。你去你的，快點。」

他上樓來，三個女人在外間坐著剝杏仁。他咕嚕了一聲「大嫂二嫂，」拖著張椅子轉了個向，把袍子後身下襬一甩甩起來，騎著張椅子坐下來，立刻抓著杏仁一顆顆往嘴裏丟。

「你看他，」銀娣說。「人家辛辛苦苦剝了一下半天，都給他吃了。」

「是誰假傳聖旨？老太太不在睡中覺？」

「就快醒了，」三奶奶說。

「三爺，你寫給我的洋字到底是什麼字？」大奶奶說。

「什麼字？」他茫然。

「還要裝佯，你罵人，給人家鞋上寫著馬蹄，」大奶奶說。

他忍不住噗哧一笑，她就罵：

「缺德！好好糟蹋人家一雙鞋子。」

「可不是，」三奶奶說，「這鏤空的花樣真費工。今年還帶著就興這個。」

「幸虧沒穿出去，叫人看見笑死了。」大奶奶站起來出去了。

「去換鞋去了，」銀娣低聲說。

「穿在腳上？」他笑了起來。

「還笑！」三奶奶說。

「噯，我的皮袍子呢？」他大聲問她。

「你先不要發脾氣，」銀娣搶著說，「是我一定不讓她拿給你。到這時候才回來，回來換件衣裳又出去。」

「天冷了不換衣裳？我凍死了二嫂不心疼？」

她笑著把三奶奶一推。「要我心疼？心疼的在這兒。」

「除非你跟二爺是這樣，」三奶奶說。

「我可沒替二爺扯謊，替他担心事揹著罪名。三爺你都不知道你少奶奶多賢慧。」

三奶奶把那碗杏仁挪到他夠不著的地方。「好了，留點給老太太舂杏仁茶。」

「這東西有什麼好吃，淡裏呱嘰的，」銀娣正說著，他站起來撈了一大把。「噯，你看！三奶奶也不管管他！」

「她管沒用，要二嫂管才服，」他說。

「三奶奶你聽聽！」她作勢要打他，結果只推了三奶奶一下，撲在她頸項上笑倒了。她撥弄著三奶奶鈕釦上掛著的金三事兒，揣著捏著她纖瘦的肩膀，恨不得把她捏扁了。

三奶奶受不了，站起來抽出脇下的手絹子擦擦手，也不望著三爺，說，「要開箱子趁老太太沒起來。要什麼皮袍子自己去揀。」她走了。

「叫你去呢，」銀娣說。

他不作聲，伸手把水仙花梗子上的紅紙圈移上移下，眼睛像水仙花盆裏的圓石頭，紫黑的，有螺旋形的花紋，浸在水裏，上面有點浮光。

「咦，我的指甲套呢？」她只有小指甲留長了，戴著刻花金指甲套。

「都是你打人打掉了，」他說。

「快拿來。」

「咦，奇怪，怎麼見得是我拿的？」

「快拿來還我，不還我真打了。」她又揚起手來。

「還要打人？」他把一隻肩膀湊上來。「要不就真打我一下，這樣子叫人癢癢。」

「你還不還？」她睖著他。

「二嫂唱個歌就還你。」

「我哪會唱什麼歌？」

「我聽見你唱的。」

「不要瞎說。」

「那天在洋台上一個人哼哼唧唧的不是你？」

她紅了臉。「沒有的事。」

「快唱。」

「是真不會。真的。」

「唱，唱，」他輕聲說，站到她跟前低著頭看著她。她也不知道怎麼，坐著不動。他的臉從底下望上去更俊秀了。站得近是讓她好低低地唱，不怕人聽見。他的袍子下襬拂在她腳面上，太甜蜜了，在她彷彿有半天工夫。這間房在他們四周站著，太陽剛照到冰紋花瓶裏插著的一隻雞毛帚，只照亮了一撮柔軟的棕色的毛。一盆玉花種在黃白色玉盆裏，暗綠玉璞彫的蘭葉在陽光中現出一層灰塵，中間一道折紋，肥闊的葉子托著一片灰白。一隻景泰藍時鐘坐在玻璃罩子裏滴答滴答。單獨相處的一剎那去得太快，太難得了，越危險，越使人陶醉。他也醉了，她可以覺得。

「你看，我揀來的，還不錯？」他翹起小指頭，戴著她的金指甲套在她面前一晃。她要是撲上去搶，一定會給他摟住了。她斜瞪了他一眼，在水碗裏浸了浸手，把兩寸多長鳳仙花染紅的指甲向他一彈，濺他一臉水。

她看見他一躲，同時聽見背後的腳步聲。大奶奶進來，他已經坐下了。她飛紅了臉，幸虧胭脂搽得多，也許看不出。

「老太太還沒起來？」大奶奶坐了下來。

「彷彿聽見咳嗽，」他說。「我去看看。」他把袍子後襟唰地一甩甩上去，站起來順手抓了把杏仁。

「噯——！」大奶奶連忙攔著。「真的，不剩多少了。」

他丟回碗裏去，向老太太房裏一鑽，大紅呢門簾在他背後飛出去老遠。

大奶奶把杏仁緩緩倒在石臼裏，用一隻手擋著。「這是什麼？咦？」她笑了。「這副藥好貴重，有這麼些個金子。」

「噯，是我的，」銀娣說，「我正奇怪指甲套不見了，一定是溜到碗裏去了。」

「看看還有沒有，」大奶奶抄起杏仁來在手指縫裏濾著。「這回我留著。」

銀娣把那小金管子抖了抖，用手絹子擦乾了。本來她還怕他拿去不好好收著，讓別人看見了，上面的花紋認得出是她的。還了給她，她倒又若有所失。就像是一筆勾銷，今天下午這一切都不算，不過是胡鬧，在這裏等得無聊，等不及回去找他堂子裏的相好。大奶奶可不會忘記。她到底看見了多少？

她後來聽見說不讓三爺出去，才心平了些。有男客來吃飯，要他在家裏陪客。是老太爺從前的門生，有兩個年紀非常大，還要見師母磕頭，老太太沒有下去。這是三爺最頭痛的那種應酬，可是她在房裏吃飯，聽見樓下有胡琴聲，在唱京戲。家裏請客不能叫堂差，一問傭人，說是叫了幾個小旦來陪酒，倒也還不寂寞。

她兩隻手抄在衣襟下坐著。房裏沒有生火。哮喘病最怕冷，不過老太太更怕火氣，認為全宅只有她年紀夠大，不會上火，所以只有老太太房有個炭盆。房間大，屋頂又高，只有正中一盞黃黯的電燈遠遠照下來，房間整個像隻醬黃大水缸，裝滿了許久沒換的冷水。動作像在水底一樣費力，而且方向不一定由自己做主。鐘聲滴答，是個漏水的龍頭，一點一滴加進去，積水更深。剛吃完飯，她凍得臉上升火，熱敷敷的，彷彿冰天雪地中就只有這點暖氣、活氣，自己覺得可親。

二爺袖著手橫躺在床上，對著烟盤子。他抽鴉片是因為哮喘，老太太禁烟，只好偷偷地抽，其實老太太也知道。結婚以後不免又多抽兩筒，希望精力旺盛些。他一雙布鞋底雪白，在昏黃的燈下白得觸目。從來不下地，所以鞋底永遠簇新。

「今天笑死了，三爺一夜沒回來，三奶奶說還沒起來——」她特地坐到床上去，嘁嘁喳喳講給他聽。「回來就往賬房裏一鑽，一坐幾個鐘頭，一塊吃飯，還不是為了籌錢？說是連大爺都過不了年。老太太相信大爺，其實弟兄倆還不都是一樣？照這樣下去，我們將來靠什麼過？」

他先沒說什麼。她推推他。「死人，不關你的事？」

「也還不至於這樣。」

她就最恨他別的不會，就會打官話。他反正有錢也沒處花，樂得大方。也許他情願只夠過，像這樣白看著繁華熱鬧，沒他的份，連她跟著他也像在鬧市隱居一樣。

樓下胡琴又在伊啞著。她回到原處，坐得遠遠的，摸著皮襖的灰鼠裏子，像撫摸一隻貓。她那天在洋台上真唱了沒有，還是只哼哼？剛巧會給三爺聽見了，又還記得。他記得。她的心突然脹大了，擠得她透不過氣來，耳朵裏聽見一千棵樹上的蟬聲，叫了一夏天的聲音，像耳鳴一樣。下午的一切都回來了，不是一件件的來，統統一齊來。她望著窗戶，就在那黑暗的玻璃窗上的反光裏，栗色玻璃上浮著淡白的模糊的一幕，一個面影，一片歌聲，喧囂的大合唱像開了閘似的直奔了她來。

二爺在枕頭底下摸索著。「我的佛珠呢？」老太太鼓勵他學佛，請人來給他講經。他最喜歡這串核桃念珠，挖空了彫出五百羅漢。

她沒有回答。

「替我叫老鄭來。」

「都下去吃飯了。」

「我的佛珠呢？別掉了地下踩破了。」

「又不是人人都是瞎子。」

一句話杵得他變了臉，好叫他安靜一會——她向來是這樣。他生了氣不睬人了，倒又不那麼討厭了。她於是又走過來，跪在床上幫他找。念珠掛在裏床一隻小抽屜上。她探身過去拎起來，從下面托著，讓那串疙裏疙瘩的核子枕在黃絲繐子上，一點聲音都沒有。

「不在抽屜裏？」他說。

她用另一隻手開了兩隻抽屜。「沒有嚜。等傭人來。我是不爬在床底下找。」

「奇怪，剛才還在這兒。」

「總在這間房裏，它又沒腿，跑不了。」

她走到五斗櫥跟前，拿出一隻夾核桃的鉗子，在桌子旁邊坐下來，把念珠一隻一隻夾破了。

「吃什麼？」他不安地問。

「你吃不吃核桃？」

他不作聲。

「沒有椒鹽你不愛吃，」她說。

淡黃褐色薄薄的殼上鑽滿了洞眼，一夾就破，發出輕微的爆炸聲。

「叫個老媽子上來，」他說。「她們去了半天了。」

「飯總要讓人吃的。天雷不打吃飯人。」

他不說話了。然後他忽然叫起來，喉嚨緊張而扁平，「老鄭！老鄭！老夏！」

「你怎麼了？脾氣一天比一天怪。好了，我去替你叫她們。」她夾得手也疼了，正在想剩下的怎麼辦，還有這些碎片和粒屑。念珠穿在一根灰綠色的細絲繩子上，這根線編得非常結實。一拿起來，剩下的珠子在線上輕輕地滑下去，唿啦塔一響。她看見他吃了一驚，忍不住笑出聲來。她用手帕統統包起來，開門出去。

過道裏沒有人。地方大，在昏黃的燈光下有一種監視的氣氛，所有的房門都半開著，擦得琤亮的樓梯在她背後。她開了門閂，推開一扇玻璃門，洋台上漆黑，她也沒開燈。冷得一下子透不過氣來。有兩扇窗子裏漏出點燈光，她回頭看了看，怕有人看見，隨即快步穿過廊上，那古老的地板有兩塊吱吱響著。到了T形的洋台上突出的部份，鋪著煤屑，踩著也有點聲響。花瓶式的水門汀欄杆，每根柱子頂著個圓球，黑色的剪影像個和尚頭，晚上看著嚇人一跳。她走到欄杆角上，俯身把手帕裏的東西小心地倒在水管子裏。

下面是紅磚穹門，站在洋式彫花大柱子上，通向大門。大門口燈光雪亮，寂靜得奇怪。那條瀝青路在這裏轉彎，做半圓形。路邊的冬青樹每一隻葉子都照得清清楚楚，一簇簇像淺色綉球花一樣。在這裏反而不聽見人聲與唱京戲的聲音，只偶然聽見划拳的發聲喊。但是她儘管冷得受不住，老站著不走。彷彿門房那邊有點人聲。要是快散了，她要等著看他們出來。

第一輛馬車蹄聲得得，沿著花園的煤屑路趕過來，又有許多包車擠上來。客人們謙讓著出來，老頭子扶著虬曲的天然杖，戴著皮裏子大紅風帽，小旦用湖色大手帕捣著嘴笑，臉上紅紅白白，袍子上穿著大鑲大滾的小黑坎肩。三爺的聲音在說話，他站在階前，看不見。她緊貼在欄杆上，粗糙的水門汀沙沙地刮著緞面襖子。

客都走了。

「阿福呢？我出去，」他說。

拍拍的腳步聲跑開了，一個遞一個喊著阿福。

「三爺，這時候坐包車太冷，還是坐馬車，也快些。」

「快——？套馬就得半天工夫。好吧，叫他們快點。」

又有人跑著傳出去。階上寂靜了下來。是不是進去了在裏邊等著？不過沒聽見門響。

她低聲唱起〈十二月花名〉來。他要是聽見她唱過，一定就是這個，她就會這一支。西北風堵著嘴，還要唱真不容易，但是那風把每一個音符在口邊搶了去，倒給了她一點勇氣，可以不負責。她唱得高了些。每一個月開什麼花，做什麼事，過年，採茶，養蠶，看龍船，不管忙什麼，那女孩子夜夜等著情人。燈芯上結了燈花，他今天一定來。一雙鞋丟在地下卜卦，他不會來。那呢喃的小調子一個字一扭，老是無可奈何地又回到這個人身上。借著黑暗蓋著臉，加上單調重複，不大覺得，她可以唱出有些句子，什麼整夜咬著棉被，留下牙齒印子，恨那人不來。她被自己的喉嚨迷住了，蜷曲的身體漸漸伸展開來，一條大蛇，在上下四周的黑暗裏遊著，去遠了。

她沒聽見三爺對傭人說，「這個天還有人賣唱。吃白麵的出來討錢。」

她唱到六月裏荷花，洗了澡穿著大紅肚兜，他坐馬車走了。

六

因為是頭胎，老太太請她嫂子來住著，幫著照應。生下來是個男孩子，銀娣自進了他家門，從來沒有這樣喜歡。是她嫂子說的，「姑奶奶的肚子爭氣。」

老太太也高興，她到現在才稱得上全福，連個殘廢兒子也有了後代根。吃素的人不進血房，雖然她只吃花素，也只站在房門口發號施令，一邊一個大丫頭托著她肘彎，更顯得她矮小。

「快關窗子，那邊的開條縫。今天東風，這房子朝東北。這時候著了涼，將來年紀大點就覺得了。想吃什麼，叫廚房裏做。就是不能吃鴨子，產後吃鴨子，將來頭抖，像鴨子似的一顛一顛。」

她向炳發老婆道謝。「只好舅奶奶費心，再多住些時，至少等滿了月。不放心家裏，叫人回去看看。住在這兒就像自己家裏一樣，要什麼叫人去跟他們要。」

孩子抱到門口給她看，用大紅綢子打著「蠟燭包」，綁得直挺挺的。孩子也像父親，有哮喘病，有人出主意給他噴烟，也照他父親一樣用鴉片烟治，老太太聽見說，也裝不知道。

二爺搬到樓下去住，銀娣頓時眼前開闊了許多。她喜歡一樣樣東西都給炳發老婆看。一張紅大木床是結親的時候買的，寬坦的踏腳板上去，足有一間房大。新款的帳簷是一溜四隻紅木框子，配著玻璃，綉的四季花卉。裏床裝著十錦架子，擱花瓶、茶壺、時鐘。床頭一溜矮櫥，一疊疊小抽屜嵌著羅鈿人物，搬演全部水滸，裏面裝著二爺的零食。一抹平的雲頭式白銅環，使她想起藥店的烏木小抽屜，尤其是有一屜裝著甘草梅子，那香味她有點怕聞。床頂用金鍊條吊著兩隻小琺瑯金絲花籃，裝著茉莉花，褥子卻是極平常的小花洋布。掃床的小麻稭掃帚，柄上拴著一隻粗糙的紅布條縺子。

「真可以幾天不下床，」她嫂子說。

他可不是不下床，這是他的彫花囚籠，他的世界。她到現在才發現了它，晚上和她嫂子拉上帳子，特別感到安全，唧唧噥噥談到半夜，吃抽屜裏的糕餅糖果，像兩個小孩子。她再也沒想到她會跟她嫂子這樣好，有時候訴苦訴得流眼淚。

她要整天直挺挺坐著，讓「穢血」流乾淨。整疋的白布綁緊在身上，熱得生痱子。但是她有一種愉快的無名氏的感覺，她不過是這家人家一個坐月子的女人。陽光中傳來包車腳踏的鈴聲，馬蹄得得聲，一個男人高朗的喉嚨唱著，「買……汏衣裳板！」一隻撥啷鼓懶洋洋搖著，「得輪敦敦。得輪敦敦。」推著玻璃櫃小車賣胭脂花粉、頭繩、絲線，虬曲的粗絲線像發光的捲髮，編成湖色鬆辮子。「得輪敦敦——」用撥啷鼓召集女顧客，把女人當小孩。

梳妝台的鏡子上蒙著塊紅布，怕孩子睡覺的時候魂靈跑到鏡子裏出不來。滿月禮已經收到不少，先送到老太太房裏去看過了，再拿到這裏來，梳妝台上擱不下，擺了一桌子。金鎖、銀鎖、翡翠鎖片，都是要把孩子鎖在人世上。炳發老婆有點担心，值錢的東西到處攤著。

「新來的不知道靠得住靠不住。」背後這樣叫奶媽。

「她不要緊，」銀娣馬上護著她。「剛從鄉下出來，都嚇死了，別人還沒來得及教壞她。」

奶媽新來，不知道底細，所以比別人尊敬她。他們家難得用個新人，銀娣就喜歡她一個新鮮。她奶又多，每天早上還擠一碗給老太太吃。老太太不吃牛奶，人奶最補的。

大奶奶三奶奶和老姨太太們進來看禮物。三奶奶又帶兩個表嫂來看。「這是舅舅的？」有人指著一盤衣服問。

「不是。還沒來呢，」三奶奶只低聲咕噥了一聲，眼睛望到別處去，彷彿有點窘。

她們走了，銀娣不能不著急起來。「還不來，」她輕聲對她嫂子說。

「明天再不來，我再回去一趟。」

「你聽見這些人說。」

「這些人都是看不得人家。」

「噯，有些來了多少年連屁都沒放一個，不要說養兒子了。她們的男人又還不是棺材饟子。」

三奶奶沒有孩子。

第二天她娘家的禮沒來，炳發倒來了。男親戚向來不上樓的，這次是例外，傭人領他到銀娣房裏。

「舅老爺帶來的，」鄭媽在他背後拎著一隻提籃盒。

「噯呀，幹什麼？哥哥真是，還又費事，」銀娣坐在床上說。

他老婆揭開一看，上屜是荷葉包肉，下面一大砂鍋全雞燉火腿。

「老鄭，拿點給奶媽吃，」銀娣說。

炳發穿著黑紗馬褂，搖著一把黑紙扇。他老婆把孩子抱來給他看。

「家裏都好？」他老婆等女傭走了才問。「滿月禮呢？我們都急死了。」

「所以我著急。沒辦法，只好來跟姑奶奶商量。」

都是低聲說話，坐得又遠，都向前傴僂著，怕聽不見，連扇子也不搖了。每句中間隔著一段沉默。

「嫂嫂知道我沒錢，」銀娣說。「現在她自己看見了。」她到底看見了什麼？只看見他們這裏過得多享福，誰相信她一個月才拿幾塊錢月費錢？

「姑奶奶手裏沒錢，」炳發老婆說。

「我到處想辦法。都去過了。」

「王家裏不肯？」夫妻倆對瞅著，一問一答都只咕噥一聲。

搖搖頭一霎眼。「昨天去找馮金大。」

「誰？」

「還是小無錫的來頭。」

她哥哥的難處不用說她也知道，她就是不懂，聽他們說姚家怎樣了不起，講起來外面誰不知道，難道姚家少奶奶的娘家會借不到錢？她哥哥雖然是老實人，到底在上海土生土長的，這些年也混過來了。這回想必是夫妻商量好了，看準了她非要這筆禮不行，要她自己拿出來。

「姑奶奶跟姑爺商量商量看，」她嫂嫂說。

「他！」像吐了口唾沫。

「姑爺住在樓下？」炳發說。

「可不是，這兩天送信也難，」他老婆說。

她也知道這不是叫人傳話的事，要銀娣自己對他說。

銀娣不開口。他向來忌諱提錢。他是護短，這輩子從來沒有錢在他手裏過。逼急了還不是打官話，說送什麼都一樣，不過是點意思。

「姑爺可能想法子在賬房裏支？」她嫂子聽慣了三爺在賬房支錢的事。

「不行呃，」她皺著眉，「他從來沒有過，還不鬧得大家都知道。」

「不是有這話，『瞞上不瞞下』？」她嫂子隔了半天，囁嚅著陪笑說。

「誰也瞞不了。這些人正等著扳我的錯處，這下子有的說了。」

「姑奶奶向來要強，」她嫂子向她哥哥解釋。

「禮不全，也許不要緊，老太太不是不知道我們的難處，」炳發說。

「老太太是不會說什麼，別人還得了？」

「也是——。頭胎，又是男孩子，」她嫂子說。

其實她並不是沒想到去跟老太太說，趁著老太太這時候喜歡。不過她喜歡向來靠不住，今天寵這個，明天又抬舉那個，好讓這些媳婦誰也別太自信。為這事去訴苦也叫人見笑，老太太那副聲口已經可以聽得見：「叫你哥哥不要打腫臉充胖子。這有什麼要緊，都是自己人。」然後給她一筆錢，不會多，老太太不知道外面市價——姚家替她辦的嫁妝就是那樣，不過換了他們自己去買，就又有的說了，等買了來東西粗糙，又不齊全，正好怪他們不會買東西，不懂規矩。

「還是問姑爺，」她嫂子說。「都是姑奶奶的面子，也是他的面子。」

「也不是我一個人的事，」她說。揹了債應酬親戚的又不是他們第一個。將來他們這些兒子一個個的前程都在這上面，做官都有份。她是不願意說，她做不了主的事，也不便許願，但是他們有什麼不知道的？不趁熱打鐵，她這時候剛生了兒子，大家有面子，下股子勁硬挺過去，處處要人家特別担待，誰拿你們當正經親戚？她恨他們不爭氣，眼光小，只會來逼她。

奶媽吃了飯進來了。才把她支使出去，又有傭人進進出出。

「我走了，」他說。

迸了這半天，還是丟給她不管了。

「拿我的頭面去當，」她望著空中說。「這時候不好拿，明天嫂嫂送回去。」

她嫂子苦著臉望著她半天。「……姑奶奶滿月那天不要戴？」

「就說不舒服，起不來。」

他們顯然不願意。什麼不能當，偏揀一個不久就非還她不可的。

「頭面至少平時用不著。戒指幾天不戴老太太就要問。皮衣裳要到冬天才用得著，不過太累贅，怎麼拿出去？」

「這要贖不回來怎麼辦？」她嫂子終於說。

「怎麼辦，我上吊就是了，這日子也過夠了，」她說著眼淚直淌下來。

「姑奶奶快不要這樣。」

「你們曉得我過的什麼日子？你們真不管了。」她更嗚咽起來。
「姑奶奶，給人聽見了。」
「本來也都是為你打算，」他說。「我們有什麼好處？」
「噢，你現在懊悔了。早曉得還是賣斷了乾淨。」
他老婆急得只叫姑奶奶。他已經站了起來。「我走了。」
「走了再也不要來了。情願你不來。」一見面更提起她的心事來，他到底是她哥哥，就只有這一個親人。
「誰再來不是人。嫌我丟臉，皇帝還有草鞋親呢。」
他老婆連忙說，「你這是什麼話？過年過節不來，不叫姑奶奶為難？」
「有什麼為難？」她說。「就說我家裏都死光了。」
「你不用咒人，從今天起你沒有我這哥哥。」
他老婆把他往房門口直推。「噯呀，你要走快走，在這兒就光叫姑奶奶生氣。」
到了晚上關了房門，銀娣拿出首飾箱來，把頭面包起來，放在她哥哥帶來的提籃盒下屜。她嫂子第二天早上拿回家去，下午又回來了。再過了兩天，禮送來了，先拿到樓上外間，老太太還沒起來。大奶奶三奶奶第一個看見，把金鎖在手心裏掂著，估有幾兩重，又批評翡翠鎖片顏色太淡，又把繡貨翻來翻去細看。

「還是蘇繡呢。」

「其實蘇繡的針腳板，湘繡的花比較活。」

「反正羊毛出在羊身上。人家本事大，提籃盒拿出拿進，誰曉得裝著什麼出去？」

「噯，我也看見。來來去去，總有一天房子都搬空了。」

奶媽照例到外間來擠奶，讓老太太趁熱吃。

她站在房門外等老太太起來，都聽見了，回去告訴銀娣姑嫂，又把銀娣氣個半死。

滿月前兩天，三奶奶叫了個穿珠花的來，替她重穿一朵珠花。

「她知道我要什麼花樣，」她告訴老李。「就照鮑家孫少奶奶那樣。就在這兒做，你不跟她說話，不會吵醒三爺，不過你不要走開，曉得吧？」

「我知道。這一向人雜。」

三奶奶到老太太房裏去了，照例打粗的老媽子進來倒痰盂掃地。老李在桌上鋪了塊小紅氈子，珠花襯著棉花，用一條綢手帕包著，放在氈子上。她疊起三奶奶的衣服，收拾零碎東西。粗做的掃到床前，掃帚撥歪了三爺的拖鞋，正彎下腰去擺齊整，倒嚇了一跳，他打著呵欠掀開帳子，兩隻腳在地下找拖鞋。

「三爺不睡了？」老李詫異地問。

「吵死了，還睡得著？」

「我去打洗臉水。」粗做的連忙拿著臉盆去了，唯恐他氣出在她身上。

他站在衣櫥前面把袴帶繫緊些，竹青板帶從短衫下面掛下來，排鬚直拂到膝蓋上。「快點，我吃早飯，吃了出去。」

「三爺吃什麼？」

「你去看有什麼。快點。」

老李叫了聲如意沒人應，那丫頭想必也在樓下吃飯。別人不是在吃飯就是跟著三奶奶。她只好自己下去，年紀又大，腳又小，又是個胖子，他還直催。他似乎從來不記得她不比尋常的女傭，是他少奶奶娘家來的，幾乎是他丈母娘的代表。她一直氣她的小姐受他的氣。

她拿他的碗筷到廚房去盛了碗粥，等著廚子配幾色冷盆，忽然聽見找阿福。

「阿福這時候哪在這兒？」廚房裏人說。

三爺的包車夫向來要到下午才上班。

「三爺今天怎麼這麼早？」粗做的在灶前等臉水，向她說。

「噯，這樣等不及。」她只咕嚕了一聲，不願意讓別房的人聽見他這樣一大早失魂落魄往外跑，還不是又迷上了個新的。

一會又聽見說「下來了，」「給三爺叫車。」

「早飯不吃，連臉都不洗就出去了？」她忍不住說，然後忽然想起來，三爺要是走了，房裏沒人，連忙又氣喘吁吁上樓去，看見房門半開著，帳子放著，兩隻拖鞋踢在地板中央，桌上鋪著小紅毡子，毡子上什麼也沒有。她心裏卜咚一響，像給個大箱子撞了一下，腳都軟了，掀開帳子看看沒有人，只好開抽屜亂找，萬一是她自己又把珠花收了起來。粗做的打了臉水上來，把水壺架在痰盂上，也幫著找。

「也真奇怪，三爺一走我馬上上來，才這一會工夫，怎麼胆子這麼大？」老李輕聲說。

「可會是三爺拿的？」粗做的說。

「快不要說這話，讓這些人聽見了，說你們自己房裏的人都這樣說。」

她只好去告訴三奶奶。先找她們自己房裏的老媽子，跟了來在老太太門外伺候著的，問知裏面正開早飯，在門簾縫裏張望著，等著機會把三奶奶暗暗叫了出來。三奶奶跟她回去，又兜底找了一遍，坐在一堆堆亂七八糟的東西中間哭了起來。

「青天白日，出了鬼了，」老李說。

「我叫你別走開嘿。」

「三爺等不及要吃早飯，叫如意也不在，只好我去。孫媽去打洗臉水去了。」

「他也奇怪，起這麼個大早出去了。」

「三爺是這脾氣，大概這兩天家裏有事，晚了怕走不開。」

兩人沉默了一會。

「小姐，這要報巡捕房，不查清楚了我担當不起，跳到黃河也洗不清，」說著也哭了。

「要先告訴老太太。」

「噯，請老太太把大門關起來，樓上搜到樓下，這時候多半還在這兒，等巡捕房來查已經晚了。」

「他們胆子越來越大了，」三奶奶咬著牙說。「是那嫂子。」

「再也沒有別人。」

「不是那奶媽，她在老太太那兒擠奶。」

「是那嫂子。」

三奶奶匆匆回到老太太房去，大奶奶看見她神氣不對，眼泡紅紅的，低聲問怎麼了。她要說不說的，大奶奶就藉故避了出去，丫頭們一個個也都溜了。老太太兩腳懸空，坐在紅木炕床邊沿上，搖著團扇，皺著眉聽她哭訴，報巡警的話卻馬上駁回，只略微搖了搖頭，帶著睞了睞眼，望到別處去，就可見絕對沒有可能。

三奶奶還是哭。「老李跟了我媽三十年了，別的也都是老人，丫頭都是從小帶大的，都急得要尋死，一定要查個明白，不然責任都在她們身上。」

「那全在你跟她們說，好叫她們放心，別出去亂說。不管上頭人底下人，這話不好說人家。真要查出來又怎麼著？事情倒更鬧大了，傳出去誰也沒面子。東西到底是小事，丟了認個吃虧算了。」

三奶奶還站在那裏不走。

「別難受了，以後小心點就是了。家裏人多，自己東西要留神點。你去告訴你房裏的人，別讓他們瞎說。」老太太在炕床上托托敲著旱烟管的烟灰。

三奶奶只好回去，跟老李說了，叫她等那穿珠花的來了回掉她，就說不必重穿了。老李氣得呼嗤呼嗤，在樓下等那女人，一見面再也忍不住，嘁嘁促促都告訴了她，越說越氣，在廚房裏嚷起來：「我們小姐可憐，打落牙齒往肚子裏嚥。我是不怕，拚著一身剮，皇帝拉下馬。我們做傭人的，丟了東西我們都揹著賊名。我算管我們小姐的東西，叫我怎麼見我們太太？誰想到今天住到賊窩裏來了。只有千年做賊的，沒有千年防賊的。他們自己房裏東西拿慣了，大包小裹往外搬，怎麼怪胆子不越來越大，偷起別人來了。誰叫我們小姐脾氣好，吃柿才揀軟的捏。」

三奶奶後來聽見了罵老李，「你這不是跟我為難麼？我受的氣還不夠？」但是已經鬧得大家都知道，傳到銀娣耳朵裏，氣得馬上要去拉著三奶奶，到老太太跟前當面講理，被炳發老婆拼命扯住不放。

「你一鬧倒是你理虧了，反而說你跟傭人一樣見識。這種話老太太怎麼會相信？反正老太太知道就是了。」

銀娣沒作聲。壞在老太太也跟別人一樣想。

她哭了一夜，炳發老婆也一夜沒睡。第二天滿月，她的頭面當了，只好推病不出來，倒正像是心虛見不得人。老太太派了個老媽子來看她，也沒多問話，就請大夫來開了個方子。炳發在樓下坐席，並不知道出了事，當晚接了他老婆回去。他老婆雖然在這裏度日如年，這時候回去倒真有點不放心，看銀娣沉默得奇怪，怕她尋短見，多給了奶媽幾個錢，背後囑咐她晚上留神著點，好在二爺明天就搬上來了。那天晚上，老太太叫人給二奶奶送點心來，又特為給她點了幾樣清淡的菜，總算是給面子，叫她安心。炳發老婆臨走，又送整大簍的西瓜水果，自己田上來的，配上兩色外國餅乾，要她帶回去給孩子們吃。

人散了，三奶奶在房裏又跟三爺講失竊的事，以前一直也沒機會說，說說又淌眼抹淚起來。

「他們傭人不肯就這麼算了，要叫人來圓光，李媽出一半錢，剩下的大家出一份。」

他皺著眉望著她。「這些人就是這樣。他們賺兩個錢不容易的，拿去瞎花。」圓光的剪張白紙貼在牆上，叫個小男孩向紙上看，看久了自會現出賊的臉來。

「是他們自己的錢，我們管不著。他們說一定要明明心跡。」

「不許他們在這兒搗鬼。我頂討厭這些。」

「他們在廚房裏，等開過晚飯，也不礙著什麼。老太太也知道，沒說什麼。」

他雖然不相信這些迷信，心裏不免有點嘀咕。為安全起見，「寧可信其有，不可信其無。」第二天在堂子裏打麻將，就問同桌的一個幫閒的老徐，「圓光這東西到底有點道理沒有？」

老徐馬上講得鑿鑿有據，怎樣靈驗如神，一半也是拿他開玩笑，早猜著他為什麼這樣關心。少爺們錢不夠花，偷家裏的古董出來賣是常事。

「有什麼辦法破法，你可聽見說？」

「據說只有這一個辦法，用豬血塗在臉上，就不會在那張紙上漏臉。」

圓光那天，他出去在小旅館裏開了個房間，那地方不怕碰見熟人。他叫茶房去買一碗豬血，茶房面不改色，回說這時候肉店關門了，買不到新鮮的豬血，要到天亮才殺豬。但是答應多給小賬，不久就拿了一碗深紅色的黏液來。他有點疑心，不知道是什麼血。要了一面鏡子，用手指蘸著濃濃地抹了一臉。實在腥氣得厲害，他躺在床上老睡不著。仰天躺著，不讓面頰碰著枕頭，唯恐擦壞了面具。血漸漸乾了，緊緊地牽著皮膚。旅館裏正是最熱鬧的時候，許多人開著房間打麻將，嘩啦嘩啦洗牌的聲音像潮水一樣。別的房間裏有女人唱小調。樓窗下面是個尿臊臭的小衖堂，關上窗又太熱，怕汗出多了，沖掉了豬血。

一個小販在旅館甬道裏叫賣鴨肫肝、鴨十件。

「買白蘭花！」嬌滴滴的蘇州口音的女孩子，轉著他的門鈕。門鎖著，她蓬蓬敲門。

「先生，白蘭花要哦？」

跑旅館的女孩子自然也不是正經人，有人拉她們進來胡鬧，順手牽羊會偷東西的。

到了後半夜漸漸靜下來了。有兩個沒人要的女人還在穿堂裏跟茶房打情罵俏，挨著不走，回去不免一頓打。有人大聲吐痰，跟著一陣拖鞋聲，開了門叫茶房買兩碗排骨麵。

他本來沒預備在這裏過夜。這時候危險早已過去了，就開門叫茶房打臉水來。洗了臉，一盆水通紅的。小房間裏一股子血腥氣，像殺了人似的。

他帶了幾隻臭蟲回來，三奶奶抓著癢醒了過來，叫李媽來捉臭蟲。李媽扯著電線轆轤，把一盞燈拉下來在床上照著，惺忪地跪在踏板上，把被窩與紫方格台灣蓆都掀過來，到處找。

「他們圓光怎麼樣？」三奶奶問。「鬧到什麼時候？」

「早散了，還不到十一點。噯，不要說，倒是真有點奇怪——在人堆裏隨便揀了個小孩，是隔壁看門的兒子，才八歲，叫他看貼在牆上那張白紙。」小孩「眼睛乾淨」，看得見鬼。童男更純潔。

「看見什麼沒有？」

「先看不見。過了好些時候，說看見一個紅臉的人。」

「紅臉——那是誰？可像是我們認識的人？」

「就是奇怪，他說沒有眼睛鼻子，就是一張大紅臉。」

「嗳喲，嚇死人了，」三奶奶笑著說。「還看見什麼？」

「別的沒有了。」

「紅臉，就光是臉紅紅的，還是真像關公似的？」

「說是真紅。」

「做賊心虛，當然應當臉紅。是男是女？」

「他說看不出。」

「這孩子怎麼了？是近視眼？」

三爺忽然吃吃笑了一聲。「也許他不是童男子，眼睛不乾淨。」

「你反正——」三奶奶啐了他一聲。

他高興極了，想想真是僥倖，幸虧預先防備，自己還覺得像個傻子似的，在那臭蟲窩裏受了半天罪。

七

在浴佛寺替老太爺做六十歲陰壽，女眷一連串坐著馬車到廟裏去，招搖過市像遊行一樣。家裏男人先去了。銀娣帶著女傭，奶媽抱著孩子，同坐一輛敞篷車。她的出鋒皮襖元寶領四周露出銀鼠裏子，雪白的毛托著濃抹胭脂的面頰。街上人人都回過頭來看，吃了一驚似的，儘管前面已經過了好幾輛車，也儘有年青的臉，嵌在同樣的珍珠頭面與兩條通紅的胭脂裏。在頭面與元寶領之間，只剩下一塊菱角形的臉，但是似乎仍舊看得出分別來。那胭脂在她臉上不太觸目，她皮膚黑些。在她臉上不過是個深紅的陰影，別人就是紅紅白白像個小糖人似的，顯得鄉氣。她們這浩浩蕩蕩的行列與她車上的嬰兒表出她的身分，那胭脂又一望而知是北方人，不會拿她誤認為坐馬車上張園吃茶的倌人。但是搽這些胭脂還是像唱戲，她覺得他們是一個戲班子，珠翠滿頭，暴露在日光下，有一種突兀之感；扮著抬閣抬出來，在車馬的洪流上航行。她也在演戲，演得很高興，扮做一個為人尊敬愛護的人。

馬路兩邊洋梧桐葉子一大陣一大陣落下來，沿路望過去，路既長而又直，聽著那蕭蕭的聲音，就像是從天上下來的。她微笑著幾乎叫出聲來，那麼許多黃色的手飄下來摸她，永遠差一點沒碰到。黃包車、馬車、車縫裏過街的人，都拖著長長的影子，橫在街心交錯著，分外顯得倉皇，就像是避雨，在下金色的大雨。

一條藍布市招掛在一個樓窗外，在風中膨脹起來，下角有一抹陽光。下午的太陽照在那舊藍布上，看著有點悲哀，看得出不過是路過，就要走的。今天天氣實在好。好又怎樣？也就跟她的相貌一樣。

一行僧眾穿上杏黃袍子，排了班在大門外合十迎接，就像杏黃廟牆上刻著的一道浮彫。大家紛紛下車，只有三個媳婦是大紅裙子，特別引人注目。上面穿的緊身長襖是一件青蓮色，一件湖色，一件杏子紅。三個人都戴著「多寶串」，珠串絞成粗繩子，夾雜著紅綠寶、藍寶石，成為極長的一個項圈，下面吊著一隻珠子穿的古卍字墜子，剛巧像個$字樣，足有四寸高，沉甸甸掛在肚臍上，使她們嬌弱的腰身彷彿向前盪過去，腆著個肚子。老太太最得意的是親戚們都說她的三個媳婦最漂亮，至於哪一個最美，又爭論個不完。許多人都說是銀娣，也有人說大奶奶甜淨些，三奶奶細緻些，皮膚又白。她不過是二奶奶，人家似乎從來不記得她丈夫是誰。很少提到他，提到的時候總是放低了聲氣，有點恐怖似的，做個鬼臉，

「是軟骨病——到底也不知道他是什麼毛病。」他們家不願意人多問，他也很少出現，見是總讓人見過，不然更叫人好奇。她喜歡出去，就是喜歡做三個中間的一個。

今天他們包下了浴佛寺，不放閒人進來。偏殿裏擺下許多桌麻將。今年他們親戚特別多，許多人從內地「跑反」到上海來。大家都不懂，那些革命黨不過是些學生鬧事，怎麼這回當真逼得皇上退位？一向在上海因為有租界保護，鬧得更兇些，自己辦報紙，組織劇團唱文明戲，言論老生動不動來篇演說，大罵政府，掌聲不絕。現在非常出風頭，銀娣是始終沒看見過。姚家從來不看文明戲。唱文明戲的都是吊膀子出名的，名聲太壞。難道就是這批人叫皇上退位？都說是袁世凱壞，賣國。本來朝事越來越糟，姚家就連老太爺在世的時候也已經失勢了，現在老太太講起來，在憤懣中也有點得意，但是也不大提起。

「跑反」雖然是一劫，太普遍了，反而不大覺得，年青的媳婦們當然更不放在心上。銀娣倒是有點覺得姚家以後不比從前了。本來他家的兒子一成年，就會看在老太爺面上賞個官做。大爺做過一任道台，三爺是不想做官，老太太也情願他們安頓點待在家裏，宦海風波險惡。銀娣總以為她的兒子將來和他們不同。現在眼前還是一樣熱鬧，添了許多親戚更熱鬧些，她卻覺得有一絲寒意。她哥哥那些孩子將來也沒指望了。她的婚姻反正整個是個騙局。

在廟裏，她和一個表弟媳卜二奶奶站在走廊上，看院子裏孩子們玩，小丫頭們陪著他們追來追去。一個孩子跌了一跤，哇！哭了。領他的老媽子連忙去扶他起來，揉手心膝蓋。

「打地！打地！」她打了石板地兩巴掌。「都是地不好。」

三奶奶在月洞門口和李媽鬼頭鬼腦說話。彷彿聽見說「還沒來……叫陳發去找了……」「陳發沒用……」

「又找我們三爺了，」銀娣說。

三奶奶走過來倚著欄杆，卜二奶奶就笑她，「已經想三爺了？」

「誰像你們，一刻都離不開，好得合穿一條裤子。」

「我們真不了，天天吵架。」

「吵架誰不吵？」

「你跟三爺相敬如賓。」

「我們三奶奶出名的賢慧，」銀娣說。難得出門一趟，再加上這麼許多年貌相當的女伴聚在一起，似乎有一種奇異的魔力，連她們妯娌們都和睦起來。「我們三爺欺負她。」

「連老太太都管不住他，叫我有什麼辦法？」

「還好，你們老太太不許娶姨奶奶。只要不娶回來，眼不見為淨，」卜二奶奶說。

「所以我情願他出去，」三奶奶說。「難得有天在家吃飯，我吃了飯回到老太太房裏，頭髮毛了點都要罵，」她低聲說，大家都吃吃笑了起來。「青天白日，誰這麼下流？」

「你們三爺的事，不敢保，」卜二奶奶說。

「我們難得的。」

她們這些年青的結了婚的女人的話，銀娣有點插不上嘴去，所以非插嘴不可。「你這話誰相信？」

三奶奶馬上還她一句話，「我們不像你跟二爺，恩愛夫妻。」一提二爺，馬上她沒資格發言了。

「我們才真是難得。」她紅了臉，彷彿大家同時看見他跟她在床上的情形。那兩個女人臉上也確是頓時現出好奇的笑容。「我敢賭咒，你敢賭麼？三奶奶你敢賭咒？」

卜二奶奶笑。「你剛生了個兒子，還賭什麼咒？」

「老實告訴你，連我都不知道是怎麼生出來的。」話一出口她就懊悔了，看見那兩個女人一面笑，眼睛裏露出奇異的盤算的神氣，已經預備當做笑話告訴別人。她們彼此開玩笑向來總是這一套，今天似乎太過分了，不好意思再往下說，但是仍舊在等著，希望她還會說下去，再洩漏些三爺的缺陷。剛巧有個沒出嫁的表妹來了，這才換了話題。

「老太太叫，」一個老媽子說。

兩個媳婦連忙進去。老太太在和三奶奶的母親打麻將。

「三爺呢？怎麼叫了這半天還不來？親家太太惦記著呢。」

「三爺打麻將贏了，他們不放他走，」三奶奶說。

「別叫他，讓他多贏兩個，」她母親說。

她的小弟弟走到牌桌旁邊，老太太給了他一塊戳著牙籤的梨，說：

「到外邊去找姐夫，姐夫贏錢了，叫他給你吃紅。」

「姐夫不在那兒。」

「在那兒。你找他去。」

「我去找他，他們說還沒來。」

老太太馬上掉過臉來向三奶奶說：「什麼打麻將，你們這些人搗的什麼鬼？」

三奶奶的母親連忙說，「他小孩子懂得什麼，外頭人多，橫是鬧糊塗了。」

「到這時候還不來，自己老子的生日，叫親家太太看著像什麼樣子？你也是的，還替他瞞著，怎麼怪他胆子越來越大。」

三奶奶不敢開口，站在那裏，連銀娣和丫頭老媽子們都站著一動也不動，唯恐引起注意，把氣出在她們身上。三奶奶母親因為自己女兒有了不是，她不便勸，麻將繼續打下去，不過誰也不叫出牌的名字。直到七姑太太攤下牌來，大家算胡子，這才照常說話。老太太是下不來台，當著許多親戚，如果馬虎過去，更叫人家說三爺都是她慣的。

一圈打下來，大奶奶走上來低聲說，「三爺先在這兒，到北站送行去了，老沈先生回蘇州去。」

她們用老沈先生作藉口，已經不止一次了。他老婆不在上海，身邊有個姨奶奶，但是姨奶奶們不出門拜客，所以她們無論說他什麼，不會被拆穿。他這時候也許就在這廟裏，老太太反正無從知道。她正看牌，頭也不抬。大奶奶在親家太太椅子背後站著，也被吸引進桌子四周的魔術圈內，成為另一根矗立的棍子。

「吃！」老太太抓住一張好久沒出現的五條。

空氣鬆懈了下來。連另外幾張牌桌上說話都響亮得多。大奶奶三奶奶嘗試著走動幾步，當點小差使。銀娣看見她房裏的奶媽抱著孩子，在門口踱來踱去。

「你吃了麵沒有？」她走出去問。「去吃麵。」她把孩子接過來。「叫夏媽抱著他。夏媽呢？小和尚，我們去找夏媽。」孩子叫小和尚。他已經在這廟裏記名收做徒弟，像他父親和叔伯小時候一樣，騙佛爺特別照顧他們。

她抱他到前面院子裏，斜陽照在那橙黃的牆上，鮮艷得奇怪，有點可怕。沿著舊紅欄杆栽的花樹，葉子都黃了。這是正殿，一排白石台階上去，彫花排門靜悄悄大開著。沒有人，她不帶孩子去，怕那些神像嚇了他。月亮倒已經出來了，白色的，半圓形，高掛在淡青色下午的天上。今天這一天可惜已經快完了，白過了，有一種說不出的悵惘，像乳房裏奶脹一樣。她把孩子抱緊點，恨不得他是個貓或是小狗，或者光是個枕頭，可以讓她狠狠的擠一下。

廊上來了個挑担子的，繫著圍裙，一個跟著一個，側身垂著眼睛走過，看都不看她。扁担上都挑著白木盒子，上面寫著菜館名字，是外面叫來的葷席。不早了，開飯她要去照應。

院心有一座大鐵香爐，安在白石座子上。香爐上刻著一行行螞蟻大的字，都是捐造香爐的施主，「陳王氏，吳趙氏，許李氏，吳何氏，馮陳氏……」都是故意叫人記不得的名字，密密的排成大隊，看著使人透不過氣來。這都是做好事的女人，把希望寄托在來世的女人。要是仔細看，也許會發現她自己的名字，已經牢鑄在這裏，鐵打的。也許已經看見了，自己不認識。

她從月洞門裏看見三爺來了，忽然這條卍字欄杆的走廊像是兩面鏡子對照著，重門疊戶沒有盡頭。他的瓜皮帽上鑲著披霞帽正，穿著騎馬的袦子，赤銅色緞子上起壽字絨花，長齊膝蓋，用一個珍珠釦子束著腰帶，下面露出沉香色紮腳袴。他走得很快，兩臂下垂，手一半捏成拳頭，縮在緊窄的袖子裏，彷彿隨時遇見長輩可以請個安。他看見了她也不招呼，一路微笑著望著她，走了許多里路。她有點窘，只好跟孩子說話。

「小和尚，看誰來了。看見嗎？看見三叔嗎？」

「二嫂你怎麼一個人在這兒？」他走到跟前才說話。「在等我？」

「呸！等你，大家都在等你——出去玩得高興，這兒找不到你都急死了。」

「怎麼找我？不是算在外邊陪客？」

「還說呢，又讓你那寶貝小舅子拆穿了，老太太發脾氣。」

他伸了伸舌頭。「不進去了，討罵。」

「你反正不管，一跑，氣都出在我們頭上，又是我們倒楣。小和尚，你大了可不要學三叔。」

「二嫂老是教訓人。你自己有多大？你比我小。」

「誰說的？」

「你不比我小一歲？」

「你倒又知道得這樣清楚。」她紅了臉白了他一眼，低下頭來逗孩子。孩子舞手舞腳，心神不定起來。她顛著他哄著他，「噢，噢，噢！不要我抱，要三叔，嗯？要三叔抱？」

她把孩子交給他，他的手碰著她胸前，其實隔著皮襖和一層層內衣、小背心，也不能確定，但是她突然掉過身去走了。他怔了怔，連忙跟著走進偏殿，裏面點著香燭，在半黑暗中大大小小許多偶像，乍看使人不放心，總像是有人，隨時可以從壁角裏走出個香伙來。上首的佛像是個半裸的金色巨人，當空坐著。

「二嫂拜佛？」

「拜有什麼用，生成的苦命，我只求菩薩收我回去。」她繞到朱漆描金蠟燭架子那邊，低下頭去看了看孩子。「現在有了他，我算對得起你們姚家了，可以讓我死了。」她眼睛水汪汪的，隔著一排排的紅蠟燭望著他。

他望著她笑。「好好的為什麼說這樣的話？」

「因為今天在佛爺跟前，我曉得今生沒緣，結個來世的緣吧。」

「沒緣你怎麼會到我家來？」

「還說呢，自從到你們家受了多少罪，別的不說，碰見這前世冤家，忘又忘不了，躲又沒處躲，牽腸掛肚，真恨不得死了。今天當著佛爺，你給我句真話，我死也甘心。」

「怎麼老是說死？你死了叫我怎麼辦？」

「你從來沒句真話。」

「你反正不相信我。」他到了架子那邊，把孩子接過來，放在地下蒲團上，他馬上大哭起來。他不讓她去抱他，一隻手臂勒得她透不過氣來，手插在太緊的衣服裏，匆忙得像是心不在焉。她這時候倒又不情願起來，完全給他錯會了意思。襯衫與束胸的小背心都是一排極小而薄的羅鈿鈕子，排得太密，非常難解開，暗中摸索更解不開。也只有他，對女人衣服實在內行。但是只顧努力，一面吻著她都有點心神不屬。她心裏亂得厲害，都不知道剖開胸膛裏面有什麼，直到他一把握在手裏，撫摩著，揣捏出個式樣來，她才開始感覺到那小鳥柔軟的鳥喙拱著他的手心。它恐懼地縮成一團，圓圓的，有個心在跳，渾身痠脹，是中了藥箭，也不知是麻藥。

「冤家，」她輕聲說。

孩子嚎哭的聲音在寂靜中震盪，狹長的殿堂石板砌地，回聲特別大，廟前廟後一定都聽見了，簡直叫人受不了，把那一剎那拉得非常長，彷彿他哭了半天，而他們倆魘住了，拿它毫無辦法。只有最原始的慾望，想躲到山洞裏去，爬到褪色的杏子紅桌圍背後，掛著塵灰吊子的黑暗中，就在那蒲團上的孩子旁邊。兩個人同時想起《玉堂春》，「神案底下敘恩情。」她就是怕他也想到了，她遲疑著沒敢蹲下來抱孩子，這也是一個原因。

「有人來了，」他預言。

「我不怕，反正就這一條命，要就拿去。」

她馬上知道說錯了話，兩個人靠得這樣近，可以聽見他裏面敲了聲警鐘，感到那一陣陣的震動。他們這情形本來已經夠險的，無論怎樣小心也遲早有人知道。在他實在是不犯著，要女人還不容易？不過到這時候再放手真不好受，心裏實在有氣。

「二嫂，今天要不是我，嗨嗨！」他笑了一聲。

「你不要這樣沒良心！」她攀著蠟燭架哭了起來，臉靠在手背上。

「沒良心倒好了，不怕對不起二哥。」

「你二哥！也不知道你們祖上做了什麼孽，生出這樣的兒子，看他活受罪，真還不如死了好。」

「又何必咒他。」

「誰咒他？只怪我自己命苦，扒心扒肝對人，人家還嫌血腥氣。」

「是你看錯人了，二嫂，不要看我姚老三，還不是這樣的人。」他伸直了手臂朝下，把袖子一甩走了，緞子唴啦一聲響。

她終於又聽見孩子的哭聲。她跪在藍布蒲團上把他抱起來，把臉埋在他大紅綢子棉斗篷裏，聞見一股子奶腥氣與汗酸氣。他永遠衣服穿得太多，一天到晚出汗。過了一會，她揀起小帽子來給他戴上，帽子上一個老虎頭，突出一雙金線織的圓眼睛，擦在她潮濕的臉上有點疼。

她出來到走廊上，天黑了，晚鐘正開始敲，緩慢的一聲聲蓬！蓬！充塞了空間，消滅一切思想，一聲一聲跟著她到後面去。

飯桌已經都擺出來了，他們自己帶來的銀器。大奶奶三奶奶正忙著照應。她找到奶媽把孩子交給她。三爺站在老太太背後看打牌，和他丈母娘說話。也許他今天晚上會告訴三奶奶。——這話他大概不敢說。——他怎麼捨得不說？今天這件事幹得漂亮，肯不告訴人？而且這麼個大笑話。哪兒熬得住不說？熬也熬不了多久。

等著打完八圈才吃晚飯。座位照例有一番推讓爭論，全靠三個少奶奶當時的判斷，拉拉扯扯把輩份大、年紀大、較遠的親戚拖到上首，有些已經先佔了下首的座位，雙手亂划擋架著，不肯起來。有許多親戚關係銀娣還沒十分摸清楚，今天更覺得費力，和別人交換一言一笑都難受。她們是還不知道她的事。未來是個龐然大物，在花布門簾背後藏不住，把那花洋布直頂起來，頂得高高的，像一股子陰風。廟裏石板地晚上很冷，門口就掛著這麼個窄條子花布簾子。屋樑上裝著個小電燈泡，一張張圓檯面上的大紅桌布，在那昏黃的燈光下有突兀感。以後的事全在乎三奶奶跟她房裏的人，刀柄抓在別人手裏了。

她一直站著給人夾菜。

「你自己吃。坐下，二奶奶坐。」別人捺著她坐下，她一會又站起來。

她一個人照應幾張桌子，地方太大太冷，稀薄的笑語聲，總熱鬧不起來。

打了手巾把子來，裝著鴨蛋粉的長圓形大銀粉盒，繞著桌子，這個遞到那個手裏，最後輪到她用，鏡子已經昏了，染著白粉與水蒸氣。鮮艷的粉紅絲綿粉撲子也有點潮濕，又冷又硬，更覺得臉頰熱烘烘的。

麻將打到夜裏一兩點鐘才散。在馬車上奶媽告訴她孩子吃了奶都吐出來，受了涼了。回去二爺聽見了發脾氣，他今天整天一個人在家裏。

「一直好好的，」奶媽說，「就我走開那一會，二奶奶叫我去吃麵，後來吃奶就存不住。」

「你走了交給誰抱？」

「交給誰？誰也不在那兒，」銀娣接口說。「我抱著他到處找夏媽，也不知道她死到哪兒去了。來喜那小鬼，跟著那些小孩起鬨，都玩瘋了。」

據夏媽說，她也在找二奶奶。二爺把跟去的人都罵了一頓。銀娣起初心不在焉，他的雞喉嚨聽得她不耐煩起來。

「好了好了，哪個孩子不傷風著涼。打雞罵狗的，你越是稀奇越留不住。」她存心叫他生氣，省得再跟他說話。

「你還要咒他？也是你自己不當心，這麼點大的孩子，根本不應當帶他去。」

「是我叫他去的？老太太要他去拜師傅，你有本事不叫去？」

「奶媽，把門開著，夜裏他要是咳嗽我聽得見。」

「噢，我也聽著點，」奶媽說。

他們的聲音都離她很遠，像點點滴滴的一行螞蟻，隔著衣服有時候不覺得，有時候覺得討厭。她能知未來，像死了的人，與活人中間隔著一層，看他們忙忙碌碌，瑣碎得無聊。但是眼看著他們忙著預備睡覺，對明天那樣確定，她實在受不住。不知道自己怎麼樣。這不是人所能忍受的。目前這一剎那馬上拖長了，成為永久的，沒有時間性，大鉗子似的夾緊了她，苦痛到極點。他們要拿她怎麼樣？向來姨奶奶們不規矩，是打入冷宮，送到北邊去，不是原籍鄉下，太惹人注目，是北京，生活程度比上海低，家裏現成有房子在那裏，叫看房子的老傭人順便監視著。正太太要是走錯一步路呢？顯然她們從來不。這些人雖然喜歡背後說人家，這話從來沒人敢說。

她並沒有真怎麼樣，但是誰相信？三爺又是個靠得住的人。馬上又都回來了，她怎麼說，他怎麼說，她又怎麼說，她怎麼這樣傻。她的心底下有個小火熬煎著它。喉嚨裏像是嗾下了熱炭。到快天亮的時候，她起來拿桌上的茶壺，就著壺嘴喝了一口。冷茶泡了一夜，非常苦。窗子裏有個大月亮快沉下去了，就在對過一座烏黑的樓房背後。月亮那麼大，就像臉對臉狹路相逢，混沌的紅紅黃黃一張圓臉，在這裏等著她，是末日的太陽。在黑暗中房間似乎小得多。二爺帶著哮喘的呼吸與隔壁的鼾聲，聽上去特別逼近，近得使人吃驚。奶媽帶著孩子跟老鄭睡一間房，今天晚上開著門，就像是同一間房裏的一個角落。兩個女傭的鼾聲有點參差不齊，使人不由自主期待著那一上一落，神經緊張起來。一個落後半步，兩個都時而沙嗄，時而濃厚，咕嘟咕嘟冒著泡沫，然後漸趨低微，偶爾還吁口氣，或是吹聲哨子。聽上去人人今天晚上都過不了這一關。夜長如年，現在正到了最狹窄的一個關口。

格辣一響，跟著一陣沙沙聲。是什麼？她站著不動，聽著。是老鄭在枕上轉側，枕頭裝著綠豆殼，因為害紅眼睛，綠豆清火的。

她披上兩件衣裳，小心地穿過海上的船艙。黑洞洞的，一隻隻舖位彷彿都是平行排列著。一個個躺在那裏，在黑暗中就光剩這一口氣，每次要再透口氣都費勁，呼嗤呼嗤響，是一把亂麻繃緊在一個什麼架子上，很容易割斷。每一隻咽喉都扯長了橫陳在那裏，是暴露的目標。她自己的喉嚨是一根管子扣著幾隻鐵圈，一節節匝緊了，瘦疼得厲害，一定要豎直了端來端去。她轉動後面箱子房的門鈕，一進去先把門關上再開燈。一開燈，那間大房間立刻圍了上來，在溫暖的黃色燈光裏很安逸。用不著的家具，一疊疊的箱子，都齊齊整整挨著牆排列著。

二爺不會看見門頭上小窗戶的光。老媽子們隔著間房，也看不見。她搬了張凳子放在他的舊床上。壞在床板太薄，踢翻了凳子咕咚一聲。比地板上更響。門頭上的橫欄最合適，不過那要開著門。另一扇門通向甬道，是鎖著的。她四面看看，想找張床毯或是蔴包鋪在床上，但是什麼都收起來了。還是甯可快點，不必想得太周到。孩子隨時可以哭起來，吵醒他們。反正要不了一會工夫，她小時候有個鄰居的女人就是上吊死的。她多帶了一條袴帶來，這種結實的白綢子比什麼繩子都牢。能夠當做一件家常的工作來做，彷彿感到一點安慰似的。

上面有灰塵的氣味，也像那張床一樣，自成一個小房間。如果她夏天上吊，為了失竊的事，那是自己表明心跡，但是她知道這些人不會因為她死了，就看得起她些。他們會說這是小戶人家的女人慪賴，吵架輸了，賭氣幹的事。現在她是不管這些人說什麼了。如果她還有點放不下，至少她這一點可以滿意：叫人看著似乎她生命裏有件黑暗可怕的秘密——說是他也行，反正除了二爺她還有個人。

其實她並沒有怎樣想到身後的情形——不願意想。人死如燈滅。眼不見為淨。就算明天早上這世界還在這裏，若無其事，像正太太看不見的姨奶奶，照樣過得熱熱鬧鬧的。隨它去，一切都有點討厭起來，甚至於可憎。反正沒有她的份了，要她一個人先走了。

八

綠竹簾子映在梳妝台鏡子裏，風吹著直動，篩進一條條陽光，滿房間老虎紋，來回搖晃著。二爺的一張大照片配著黑漆框子掛在牆上，也被風吹著磕托磕托敲著牆。那回是他叫起來，把她救下來的。他死了她也沒穿孝，因為老太太還在，現在是戴老太太的孝。她站著照鏡子，把一隻手指插在衣領裏挖著，那粗白布戳得慌。

十六年了。好死不如惡活，總算給她挺過去了。當時大家背後都說：「不知道二奶奶為什麼上吊。」照二爺說，那天晚上講了她幾句，因為孩子從廟裏回來受了涼，怪她不小心。有人說還是為了頭兩個月家裏鬧丟東西的事。還真有傭人說聽見夫妻吵架的時候提起那回事。

三房是不是給她嚇住了，沒敢說出去？三爺如果漏了點風聲出去——他是向來愛講人的：「卜二奶奶靠不住，」「劉家的兩個都靠不住。」親戚裏面凡是活潑點的都在可疑之列。講她又有人信些，因為她的出身。她尋死就是憑據。是不是因為這罪名太大了，影響太大，所以這話從來沒人敢說？這都是她後來自己揣測的，當時好久都不知道自己的命運。就連一年以後還不能確定，他們家也許在等著抓到個藉口再發放她。老太太算是為了她上吊跟她生氣。真要是吊死了成什麼話？她在自己房裏養息了幾天，再出去伺候老太太，這話從來沒提過，不過老太太從此不大要她在跟前。講起來是二爺身體更差了，要她照應。

那年全家到普陀山進香，替二爺許願，包了一隻輪船，連他都去了，就剩下她一個人看家。可是調兵遣將，把南京蕪湖看房子的老人都叫了回來，代替跟去的人，在宅子裏園子裏分班日夜巡邏，如臨大敵。還怕人家不記得那年丟珠花的事？

她是灰了心，所以跟著二爺抽上了鴉片烟。兩人也有個伴，有個消遣。他哮喘病越發越厲害，吸烟也過了明路了。他死了，她沒有他做幌子，比較麻煩。女人吃烟的到底少，除了堂子裏人，又不是年紀大的老太太，用鴉片烟治病。

男人就不同。其實他們又不是關在家裏，沒有別的消遣，什麼事不能幹，偏偏一個個都病懨懨整天躺著，對著個小油燈。大爺三爺因為老太太最恨這個，直到老太太的喪事才公然在孝幔裏面擺著烟盤子，躺在地下吸，隨時匍匐著還禮。

樓下擺滿了長桌子，裁縫排排坐著，趕製孝衣孝帶。原疋粗布簇新的時候略有點臭味，到處可以聞見。七七還沒做完，大門口的藍白紙花牌樓淋了雨，白花上染上一道道寶藍色。每次弔客進門，吹鼓手「吱……」一齊吹起來，彎彎扭扭尖厲的鼻音，有高有低，像一把亂麻似的，併成一聲狂喜的嘶吼，怪不得是紅白喜事兩用的音樂。她明知道遲早有這樣一天，也許會來得太晚了。她每次看見有個親戚，大家叫她大孫少奶奶的，總有一種異樣的感覺。大孫少奶奶輩份小，已經快六十歲的人，抱孫子了，還是做媳婦，整天站班，還不敢扶著椅背站著，免得說她賣弄腳小。替婆婆傳話，遞遞拿拿，挨了罵紅著臉陪笑。銀娣是還比不上她，婆婆跟前輪不著她伺候。再過兩年也就要娶媳婦了，當然是個闊小姐。上頭老是給她沒臉，怎麼管得住媳婦？等到老太太死了，分了家，兒子媳婦都不小了，上一代下一代中間沒有她的位子。

其實她這時候她拿到錢又怎樣？還不是照樣過日子。不過等得太久，太苦了，只要搬出去自己過就是享福了。可以分到多少也無從知道，這話向來誰也不便打聽。就連大奶奶三奶奶每天替換著管賬，也不見得知道——一向不要她管賬，藉口是二爺要她照應。她們也頂多偶爾聽見大爺三爺說起。大爺算是能幹，老太太許多事都問他。三爺常在賬房裏混，多少也有點數。只有二爺這些事一竅不通。老太太一死，大奶奶把老太太房裏東西全都鎖了起來，等「公親」分派。一方面三爺還在公賬上支錢。

本來不便馬上分家，但是這一向家裏鬧鬼，大家都聽見老太太房裏咳嗽的聲音，「啃啃！」第二聲向上，特別提高，還有她的旱烟袋在紅木炕床磕著敲灰的聲音。房門鎖著，鑰匙早交了出去了。晚上大爺在樓下守靈，也聽見樓板上老是磕托一響，是老太太懸空坐著，每次站起來，一雙木底鞋一齊落地。銀娣疑心是大奶奶弄鬼，也有人疑心她自己，不過大家還是一樣害怕。

「這房子陰氣太重，」他們舅老太爺說。「本來也是的，三年裏頭辦了兩件喪事。你們還是早點搬出去，不必等過了七七，在廟裏做七也是一樣。」

今天提前請了公親來，每房只有男人列席，女人只有她一個。總算今天出頭露面了。她撳了撳髮髻，她的臉不打前劉海她始終看不慣。規矩是一過三十歲就不能打前劉海。老了，她對自己說。穿孝不戴耳環，耳朵眼裏塞著根茶葉蒂，怕洞眼長滿了。眼皮上抹了點胭脂，像哭得紅紅的，襯得眼睛也更亮。一身白布衣裙，倒有種鄉下女人的俏麗。樓下客都到齊了，不過她還要等請，才能夠下去。她牽了牽衣服，揭開蓋碗站著喝茶，可以覺得一道寬闊的熱流筆直喝下去，流得奇慢，渾身冰冷，一顆心在熱茶裏撲通撲通跳。

「大爺請二奶奶下去，」老鄭進來說。

大廳裏三張紅木桌子拼成一張長桌子，大家圍著坐著，只向她點點頭，半欠了欠身，只有三爺與賬房先生站起來招呼了她一聲。他們留了個位子給她，與大爺三爺老朱先生同坐在下首，老朱先生面前紅籤藍布面賬簿堆得高高的。滿房間的湖色官紗熟羅長衫，泥金洒金扇面，只有他們家三個是臃腫不合身的孝服，那粗布又不甚白。三個有了些日子的雪人，沾著泥與草屑，坐在一起都有點窘境，三個大號孤兒。三爺自從民國剪辮子，剪了頭髮留得長長的，像女學生一樣，右耳朵底下兩寸長，倒正像哀毀逾恆，顧不得理髮。她這些年都沒有正眼看過他一眼。他瘦多了，嘴部突出來，比較有男子氣。老太太臨死又找不到他，派人在堂子裏大找。

九老太爺開口先解釋為什麼下葬前應當把這件事辦了。他行九是大排行，老太爺從前只有他這一個兄弟，跟著哥哥，官也做得不小，也像在座的許多遺老，還留著辮子，折衷地盤在瓜皮帽底下，免得引人注目。他生得瘦小，一張白淨的孩兒面，沒有一點鬍子渣子，真看不出是五十多歲的人，偏著身子坐在太師椅上，就像是過年過節小輩來磕頭，他不得已，坐在那裏「受頭」的那副神氣。

老朱先生報賬，喃喃唸著幾畝幾分幾釐，幾戶存摺，幾箱銀器，幾箱磁器，唸得飛快，簡直叫人跟不上。他每次停下來和上邊說話，一定先把玳瑁邊眼鏡先摘下來。戴眼鏡是倚老賣老，沒有敬意。現在讀到三爺歷年支的款子，除了那兩次老太太拿出錢來替他還債不算，原來他支的錢算是他借公賬上的，銀娣本來連這一點都不確定。看他若無其事，顯然早已預先知道，拿起茶碗來喝了一口，從下嘴唇上摘掉一片茶葉。今天是他總算賬的日子，他這些年都像是跟它賽跑一樣，來不及地花錢。現在這一天到底來了，一座山似的當前擋著路。她也在這裏，對面坐著。兩個人白布衣服相映著，有一種慘淡的光照在臉上，她不由得想起戲上白盔白甲，陣前相見。她力竭捺下臉上的微笑，但是她知道他不是不覺得。他們難道什麼都不給他留下？不會吧？老太太在的時候不見得知道？也難說。越到後來，她有許多事都寧可不知道。也許誰也不曉得到時候是個什麼情形。照理當然不能都給他拿去還債——他外面欠了那麼許多。不過大爺想必還是很費了番手腳。他自己當然不便說這話，長輩也都不肯叫人家兒子一文無著。

他還剩下四千多塊，折田地給他。

「田地是中興的基本，萬一有個什麼，也有個退步，」九老太爺說。

蕪湖最好的田歸他。她的在北邊。他母親的首飾照樣分給他做紀念，連金條金葉子都算在內。

「股票費事，二房沒有男人，少拿點股票，多分點房地產，省心。」

賬房讀得告一段落，後來才知道是完了。漸漸有人低聲談笑兩句，抹鼻烟打噴嚏，抖開扇子。

她是硬著頭皮開口的，喉嚨也僵硬得不像自己。

「九老太爺，那我們太吃虧了。」

突然寧靜下來，女人的聲音顯得又尖又薄，扁平得像剃刀。

「現在這種年頭，年年打仗，北邊的田收租難，房子也要在上海才值錢。是九老太爺說的，二房沒有男人。孩子又還小，將來的日子長著呢，孤兒寡婦，叫我們怎麼過？」

駭異的寂靜簡直刺耳，滋滋響著，像一張唱片唱完了還在磨下去。所有的眼睛都掉過去不望著她。

九老太爺略咳了聲嗽。「二奶奶這話，時世不好是真的。現在時世不同了，當然你們現在不能像老太太在世的時候。現在這時候誰不想省著點？你還好，家裏人少，人家兒女多的也一樣過，沒辦法。你們三房是不用說，更為難了。今天的事並不是我做主，是大家公定的，也還費了點斟酌。親兄弟明算賬，不過我們家向來適可而止，到底是自己骨肉，一隻筆寫不出兩個姚字來。子耘你覺得怎麼樣？你是他們的舅舅，你說的話有份量。」

舅老太爺連連哈著腰笑著。「今天有九老太爺在這兒，當然還是要九老太爺操心，我到底是外人。」

「你是至親，他們自己母親的同胞兄弟。」

「到底差一層，差一層。今天當著姚家這些長輩，沒有我說話的份。」

「景懷你說怎麼樣？別讓我一個人說話，欺負孤兒寡婦，我担當不起。」

她紅了臉，眼淚汪汪起來。「九老太爺這話我担當不起。我是實在急得沒辦法，不要得罪了長輩。一個寡婦守著兩個死錢，往後只有出沒有進。不是我吃不了苦，可憐二爺才留下這點骨血，不能耽誤了他，請先生，定親娶親，一樁樁大事都還沒有辦。我要是對不起他，我死了怎麼見二爺？」

「二奶奶你非說不夠，叫我怎麼著？」他嚷了起來。「真不夠又怎麼？就這麼點，你多拿叫誰少拿？」

她哭了。「我哪敢說什麼，只求九老太爺說句公道話。老太太沒有了，只好求九老太爺替我們做主。老太太當初給二房娶親，好叫二房也有個後代，難道叫他過不了日子，替家裏丟人？叫我對他奶奶對他爹怎麼交代？」

「我不管了。」他個子不大，身段倒機靈，一腳踢翻了鑲大理石紅木椅子，走了出去。

大家面面相覷，只有大爺三爺向空中望著。然後不約而同都站了起來，紛紛跟了出去勸九老太爺，就剩她一個人坐在那裏哭。

「我的夫呀，親人呀，你好狠心呀，丟下我們無依無靠，」她哭得拍手拍膝蓋。「你可憐一輩子沒過一天好日子，前世做的什麼孽，還沒受夠罪，你就這一個兒子也給人家作踐。你欠的什麼債，到現在都還不清，我的親人哪！」

只有老朱先生不好意思走，一來他的賬簿都還在這兒。「二奶奶，二奶奶，」他站在旁邊低聲懇求著。

「我要到老太太靈前去講清楚，老太太陰靈還沒去遠呢，我跟了去。小和尚呢？叫他來，我帶他去給老太太磕頭。他爸爸就留下這點種子，我站在旁邊眼看著人家把他踩下去，我去告訴老太太是我對不起姚家祖宗，我在靈前一頭碰死了，跟了老太太去。」

「二奶奶，」他哀求著，又不敢動，又不好叫女傭來伺候，或是叫人倒杯茶來，都彷彿是不拿她當回事。急得他滿頭大汗，圍著她團團轉，摘下瓜皮帽來搧汗，又替她搧。「二奶奶，」他低聲叫。「二奶奶。」

九

「挨到下了葬，還是照本來那樣分。」搬了家她哥哥嫂嫂第一次來，她輕聲講給他們聽，舞台上的耳語，噓溜溜射出去，連後排都聽得清清楚楚。雖然現在不怕被人聽見了，她也像一切過慣大家庭生活的人，一輩子再也改不過來，永遠鬼鬼祟祟，欠身向前喊喊促促。「九老太爺不來，還有人說叫我替他遞碗茶。我問這話是誰說的，這才不聽見說了。我不管，逢人就告訴。我們是分少了嘿！只要看他們搬的地方，大太太姨太太一人一個花園洋房，整套的新家具，銅床。連三爺算是沒分到什麼，照樣兩個小公館。」

「姑奶奶這房子好。」她嫂嫂說。

「我這房子便宜。」

她也是老式洋房，不過是個衖堂，光線欠佳，黑洞洞的大房間。裏外牆壁都是灰白色水泥殼子，戶外的牆比較灰，裏面比較白。沒有浴室，但是樓下的白漆拉門是從前有一個時期最時行的，外國人在東方的熱帶式建築。她好容易自己有了個家，也並不怎樣佈置，不光是為了省錢，也是不願意露出她自己喜歡什麼，怕人家笑暴發戶。「這些人別的不會，就會笑人，」她常這樣說他們姚家的親戚。

就連現在分到的東西，除了用慣的也不拿出來，免得像是揀了點小便宜，還得意得很。她原有的紅木家具現在擱在樓下，自己房裏空空落落的。那張紅木大床太老古董，怕人笑話，收了起來，雖然不學別人買銅床，寧可用一張四柱舊鐵床。湊上一張八仙桌，幾隻椅凳，在四十支光的電燈下，一切都灰撲撲的。來了客大家坐得老遠，燈下相視，臉上都一股子黑氣，看不大清楚，倒像是劫後聚首一堂，有點悲喜交集，說不出來的況味。她自己坐在烟舖上，這是唯一新添的東西。老太太在日，家裏沒有這樣東西，所以儘管簡單，仍舊非常觸目，榻床上鋪著薄薄一層白布褥子，光禿禿一片白，像沒鋪床，更有種逃難的感覺。

「這兒好，地方也大，」炳發老婆說。「等姑奶奶娶了媳婦，多添幾個孫子，也是要這點地方。」

「那還有些時呢。」

「今年十七了吧？跟我們阿珠同年。」

表兄妹並提，那意思她有什麼聽不出的。「現在不興早定親，他堂兄弟廿幾歲都還沒有。」一提起姚家的弟兄，立刻他們中間隔了道鴻溝。

「男孩子好在年紀大點不要緊，」她嫂子喃喃地說。「到時候姑奶奶可要打聽仔細了，頂好大家都知道的，姑奶奶也有個伴。」

「那當然，我自己上媒人的當還不夠？」

「就是這話囉，」她嫂子輕聲說。「最難得是彼此都知道，那就放心了。」

阿珠牽著小妹妹進來。他們今天只帶了幾個小的來。她兒子在隔壁教那小男孩下棋。

「不看下棋了？」炳發老婆問。

「看不懂。」阿珠笑著說。

「這丫頭笨。」她母親說。「還是妹妹聰明。」

「來，來給姑媽搥背。」銀娣叫那小女孩子。「來來來。」她拉著她摸了摸她頸項背後。「噯喲，鮎魚似的。」

「洗了澡來的嘔。」她母親說。「又皮出一身汗。」

那孩子怕癢，一扭，滿頭的小辮子在銀娣身上刷過，癢噝噝的。她突然痙攣地抱著那孩子吻她。

「這些孩子裏就只有她像姑媽，不怪姑媽疼她。」她母親說。「你給姑媽做女兒好不好？不帶你回去了，嗯？姑媽沒有女兒，你跟姑媽好不好？」

「吃糖，姐姐拿糖來我們吃。」銀娣說。阿珠把桌上的高腳玻璃盤子送過來，她抓了把遞給那孩子。「拿點到隔壁去給弟弟，去去去！」她在那孩子屁股上拍了一下。

孩子走了，她躺下來裝烟。房間裏的視線集中點自然是她的腳，現在袴子興肥短，她雖然守舊，也露出纖削的腳踝。穿孝，灰布鞋，白線襪，鞋尖塞著棉花裝半大腳，不過她不像有些人裝得那麼長。從前裏腳，說她腳樣好，現在一雙腳也還是伶伶俐俐的。她吃上了烟這些年，這還是第一次當著她哥哥躺下來抽烟。炳發有點不安，尤其是自己妹妹。沒有人比老式生意人更老式。他老婆和女兒輕聲談笑了幾句，又靜默下來。

「幾點了？」他說。「我們早點回去，晚了叫不到車。」

「噯，一聽見城裏都不肯去。」他老婆說。

「現在城裏冷靜，對過的湯糰店也關門了，一年就做個正月生意。」

「對過的店都開不長。」顯然他們夫婦倆常用這話安慰自己。

「對過哪有湯糰店？」銀娣說。

「喏，就是從前的藥店。」她嫂子說。

「藥店關門了？」

「關了好幾年了，姑奶奶好久沒回來了。」

「現在這生意沒做頭，我們那爿店有人要我也盤了它。」

「其實早該盤掉的，講起來姑奶奶面上也不好看。」

到現在這時候還來放這馬後炮，真叫她又好氣又好笑。「現在這時世真不在乎了。」她說。「能混得過去就算好的了。」

「現在是做批發賺錢。」他先已經提過有個朋友肯帶攜他入股，就缺兩個本錢，她沒接這個碴。

「藥店關門，那小劉呢？」

「嗳，」炳發老婆說：「那天我看見二舅媽還問，小劉先生在哪裏上生意，他娘還在吧？好笑，還叫他小劉先生，他也不小了。」

「屬蛇的，」銀娣說。

炳發吃了一驚。當然是因為從前提過親，所以知道他的歲數。但是她躺在那裏微笑著，在烟燈的光裏眼睛半開半閉，遠遠地向他們平視著。

「那木匠還在那兒？」

「哪個木匠？」炳發低聲問他老婆。

「還有哪個？那天晚上來鬧的那個，」銀娣說。

她哥哥嫂嫂都微窘地笑了。他們都記得那人拉著她手不放，被她用油燈燒了手。

「誰？誰？」她姪女兒追問母親，母親不予理睬。

「那傢伙，吃飽了老酒發酒瘋。」炳發說。

「什麼發酒瘋，一向那樣，」銀娣說。「不過不吃酒沒那麼大胆子。」

「那人就是這樣沒清頭。」她嫂子說，「前一向他鄉下老婆找了來了，打架，店裏打到街上，街上又打到店裏，罵他沒錢寄回家去，倒有錢打野雞。」

這話她聽著異常刺耳。她說，「他從前不是這樣。」她還以為他給她教訓了一次，永遠忘不了。他不但玷辱了她的回憶，她根本除了那天晚上不許他有別的生活。連他老婆找了來，她都聽不進去。

她嫂子講得高興，偏說，「一向是這樣。大家都勸他，四十多歲望五十的人了，還不收心？總算把他老婆勸回去了。」

銀娣不作聲，以後一直沒大說話。她嫂子也不知道什麼地方得罪了她，再坐了會，問炳發，「我們走吧？」和自己丈夫說話，忍不住聲音粗厲起來，露出失望灰心的神氣。

「還早呢，不到十一點。」銀娣說。

「晚了怕叫不到車。」

「還早呢。……那麼下趟早點來。」

她送到樓梯口，她兒子送下樓去。他現在大了，不叫小和尚了，她叫他學名玉熹。他跟舅舅家的人沒什麼話說，今天借著教小表弟下棋，根本不理別人。送了客，她不看見他，一問少爺睡覺了。要照平日她一定會不高興，今天她實在是氣她哥哥嫂嫂，這樣等不及，恨不得馬上用她的錢，又還想把女兒搵她做媳婦，大的不要，還有小的，一定要她揀一個。長江後浪推前浪。到她手裏才幾天？就想把她擠下去。玉熹就在隔壁，也不怕給他聽見了。在他這年紀，一聽見給他提親，還不馬上心野了？——也說不定聽見了，不願意，所以賭氣不進來。這孩子總算還明白，一向也還好，也知道怕她。她這些年來縮在自己房裏，身邊的人如果不怕她還了得？連傭人都會踩到她頭上來。兒子更不必說了，不怕怎麼管得住？還不跟那些堂兄弟們學壞了？大房的幾個，就怕奶奶，見了老太太像小鬼似的，背後胆子不知有多大。玉熹倒是一向不去惹他們。不過男孩子們到了這年紀，大家一起進書房，樓上哪曉得他們跑到哪兒去？實在是個心事。分了家出來，她給他請了個老先生，順便代寫寫信，先生有七十多歲了，住在家裏，她寡婦人家免得人家說話。好在他也念不了兩年書了。

乍清靜下來，倒有點過不慣，從前是隔牆有耳，現在家裏就是母子倆對瞅著。他從小是這脾氣，陰不嚌嚌的，整天廝守著也還是若即若離。今天晚上她倒是想他陪著說說話，他們從來不提他舅舅家的，講點別的換換口味，不然嘴裏老不是味。她哥哥嫂嫂就是這樣，每回來一趟，總攪得她心裏亂七八糟。她不想睡，叫老媽子給她篦頭。老鄭現在照管少爺，她用的都是老人，要是一搬出來就換人，又有的說了。被辭歇的傭人會到別房與親戚家去找事，講她的壞話。她實在厭倦了這些熟悉的臉，她們看見過許多事都是她想忘記的。不過留她們也有樁好處，否則也不大覺得現在是她的天下了。

「還是北邊傭人好。」她說。「第一沒有親戚找上門來，不像本地人。現在家裏地方小，廚房裏有些閒人來來往往，更不方便。」

她比他們哪一房都守舊。越是歧視二房，更要爭口氣。

半夜了，還一點風絲都沒有，她坐在窗前篦頭，樓窗下臨一個鴿子籠小衖堂，一股子熱烘烘的氣味升上來，緩緩的一蓬一蓬一波一波往上噴。一種溫和鬱塞的臭味，比汗酸氣濃膩些。小衖的肘彎正抵著她家樓下，所以這房子便宜。現在到處造起這些一樓一底的白色水泥盒子，城裏從來沒有這樣擠，房子小，也是老房子，不論磚頭木頭都結實些，沉得住氣，即使臭也是糞便，不是油汗與更複雜的分泌物。

忽然有人吵架，窗外墨黑，蓋著這層暖和的厚黑毯子，聲音似乎特別近，而又嗡嗡的不甚清楚。也說不定是在街上，這麼許多人七嘴八舌，衖堂裏彷彿沒這麼大地方。她就聽見一個年青的女人的嚎叫：

「我不要呀！我不要呀！我沒給人打過。我是他什麼人，他打我？」像小孩子已經哭完了還硬要哭下去的乾嚎。

「先回去再說，時候不早了，你年紀輕，在外頭不方便，有話明天再說。」是個南京口音的女人，老氣橫秋。這些旁觀者七張八嘴勸解，只有她的聲音訓練有素，老遠都聽得見。

老媽子有點窘。「太太，從前老房子花園大，聽不見街上打架。」

銀娣正苦於聽不清楚，又被她打斷了，不由得生氣，「老房子自己窩裏反。」

「我不要呀！我不要呀！」那年青的女人一直叫著，似乎已經去遠了。

「噯，有話回去跟他講。」那南京女人勸告著，彷彿是對看熱鬧的人說，那一對男女顯然已經不在這裏。「他也是不好，張口就罵，動手就打。」

大家還在議論著，嚎哭聲漸漸消逝，循著一條垂直線的街道上升。城市在黑暗中成為牆土掛著的一張地圖。

她從前在娘家常聽到這一類的事，都是另有丈夫有老婆在鄉下的。不知道為什麼，在窮人之間似乎並不是壞事。生活困苦，就彷彿另有一套規矩。有的來往一輩子，拆開也沒有鬧翻。不過一定要大家都沒有錢，尤其是女人。不然男人可以走進來就打，要什麼拿什麼。把身體給了人，也就由人侮辱搶劫。

她從小生長在那擁擠的世界裏，成千成萬的人，但是想他們也沒用。

她叫老媽子去睡了，仍舊坐在那裏晾頭髮。天熱頭髮油膩，黏成稀疏的一綹綹，是個黑絲穗子披肩。她忽然嚇了一跳，看見自己的臉映在對過房子的玻璃窗裏。就光是一張臉，一個有藍影子的月亮，浮在黑暗的玻璃上。遠看著她仍舊是年青的，神秘而美麗。她忍不住試著向對過笑笑，招招手。那張臉也向她笑著招手，使她非常害怕，而且她馬上往那邊去了。

至少是她頭頂上出來的一個什麼小東西，輕得癢咝咝的，在空中馳過，消失了。那張臉仍舊在幾尺外向她微笑。她像個鬼。也許十六年前她吊死了自己不知道。

她很快地站起來，還躺到烟炕上去，再點上烟燈。就連在熱天，那小油燈也給人一種安慰。可惜這些烟炕都是預備兩個人對躺著的。在耀眼的燈光裏，彷彿二爺還在，蜷曲著躺在對過。其實他在與不在有什麼分別？就像他還在這裏看守著她。

再吃烟更提起神來睡不著了。她燒烟泡留著明天抽。因為怕上床，儘管一隻隻織出那棕色的繭子，瞌睡得生烟澌澌地淋到燈裏，才住了手。這裏仍舊是燈光底下的公眾場所。一上床就是一個人在黑暗裏，無非想著白天的事，你一言我一語，兩句氣人的話顛來倒去，說個不完。再就是覺得手臂與腿怎樣擺著，於是很快地僵化，手瘦腿瘦起來。翻個身再重新佈置過，圖案隨即又明顯起來，像醜陋的花布門簾一樣，永遠在眼前，越來越討厭。再翻個身換個姿態，朝天躺著，腿骨在黑暗中劃出兩道粗白線，筆鋒在膝蓋上頓一頓，踝骨上又頓一頓，腳底向無窮盡的空間直蹬下去，費力到極點。儘管翻來覆去，頸項背後還是痠痛起來。有時候她可以覺得裏面的一隻喑啞的嘴，兩片嘴唇輕輕的相貼著，光只覺得它的存在就不能忍受。老話說女人是「三十如狼，四十如虎。」

她就光躺在那裏留戀著那盞小燈，正照在她眼睛裏。整個的城市暗了下來，低低的臥在她腳頭，是烟舖旁邊一帶遠山，也不知是一隻獅子，或是一隻狗躺在那裏。這天也許要下雨了。外面每一個聲音都是用溼布分別包裹著，又新鮮又清楚。熟悉的一聲響，撬開一扇排門的聲音，跟著噗咯一聲，軟軟胖胖的，一盆水潑在街沿上，是衖口小店倒洗腳水。

「噯呵……赤豆糕！白糖……蓮心粥！」賣消夜的小販拉長了聲音，唱得有腔有調，高朗的嗓子，有點女性化，遠遠聽著更甜。那兩句調子馬上打到人心坎裏去，心裏頓時空空洞洞，寂靜下來。她眼睛望著窗戶。歌聲越來越近了。她怕，預先知道那哀愁的滋味不好受。他彎到衖堂裏去了。她從來沒聽見它這樣近，都可以捫出那嗓子裏一絲絲的沙啞，像竹竿上的梗紋。一個平凡和悅的男人喉嚨，相當年青，大聲唱著，「噯呵……赤豆糕！白糖……蓮心粥！」那聲音赤裸裸拉長了，掛在長方形漆黑的窗前。

十

每年夏天晒箱子裏的衣服，前一向因為就快分家了，上上下下都心不定，怕有人乘亂偷東西，所以耽擱到現在才一批批拿出來晒。簇新的補服，平金褂子，大鑲大滾寬大的女襖，像彩色帳篷一樣，就連她年青的時候已經感到滑稽了。皮裏子的氣味，在薰風裏覺得渺茫得很。有些是老太太的，很難想像老太太打扮得這樣。大部份已經沒人知道是誰的了。看它們紅紅綠綠擠在她窗口，倒像許多好奇的鄉下人在向裏面張望，而她公然躺在那裏，對著違禁的烟盤，她有一種異樣的感覺。

除了每年拿出來晒過，又恭恭敬敬小心摺疊起來，拿它毫無辦法。男人衣服一樣花花綠綠，三鑲三滾，不過腰身窄些，袖子小些。二爺後來有些衣裳比較素淨，藍色，古銅色，也許可以改給她和玉熹穿。這是她第一次覺得他跟別人的丈夫一樣，是一種方便，有種安逸感。現在親戚間的新聞永遠是夫妻吵架，男人狂嫖濫賭，寵妾滅妻。

「還是你好。」女太太們對她說。現在這倒是真話了。

躺在烟炕上，正看見窗口掛著的一件玫瑰紅綢夾袍緊挨著一件孔雀藍袍子，掛在衣架上的肩膀特別瘦削，喇叭管袖子優雅地下垂，風吹著胯骨，微微向前擺盪著，背後襯著藍天，成為兩個漂亮的剪影。紅袖子時而暗暗打藍袖子一下，彷彿怕人看見似的。過了一會，藍袖子也打還它一下，又該紅袖子裝不知道，不理它。有時候又彷彿手牽手。它們使她想起她自己和三爺。他們也是剛巧離得近。他老跟她開玩笑，她也是傻，不該認真起來。他沒那個胆子。不過是這麼回事。她現在想到他可以不覺得痛苦了，從此大家不相干，而且他現在倒楣了，也叫她心平了些。有一點太陽光漏進來，照在紅袖子的一角上。這都是多少年前的事了。

家裏吃的西瓜，老媽子把瓜子留下來，攤在篾簍蓋上，擱在窗台上晒。對過的紅磚老洋房，半中半西，比這邊房子年代更久，鴿子籠小衖堂直造到它膝前。一隻蜜蜂在對面一排長窗前飛過，在陽光中通體金色。有隻窗戶不住地被風吹開又砰上，那聲音異常荒涼。

「怎麼一個人都沒有，都出去了？」她對老媽子說。「幹什麼的？」

「住小家的。」老媽子說。

分租給幾家合住，黃昏的時候窗戶裏黑洞洞的，出來一支竹竿，太長了，更加笨拙，遊移不定地向這邊摸索一個立足點。一件淡紫色女衫鬼氣森森，一蹶一蹶地跟過來，兩臂張開穿在竹竿上，坡斜地，歪著身子。她伸頭出去看，幸而這邊不是她家的窗戶。

她反正不是在烟舖上就是在窗口，看磨刀的，補碗的，鄰居家的人出出進進，自己不給人看見，總是避立在一邊。晚上對過打牌，金色的房間，整個展開在窗前，像古畫裏一樣。赤膊的男人都像畫在泥金箋上。看牌的走來走去，擋住燈光，白布袴子上露出狹窄的金色背脊。

這都是籠中的鳥獸，她可以一看看個半天。現在把仇人去掉了，世界上忽然沒有人了。她這裏只有三節有人上門。這些年她在姚家是個黑人，親戚們也都不便理睬她，這時候也不好意思忽然親熱起來，顯得勢利。她也不去找他們。再不端著點架子，更叫這些人看不起。所以就剩下她哥哥一家。炳發老婆下次來是一個人來，便於借錢。

姑嫂對訴苦，講起來各有各的難處。各說各的，幸而老媽子進來打斷了。

「太太，三爺來了。」

「哦？」都是低聲，彷彿有點恐怖似的，其實不過是大家庭裏保密的習慣。「我就下去。」

「他來幹什麼？」她輕聲和她嫂子說。

自從分家鬧那一場，大家見面都有點僵。三爺當然又不同，不過只有她自己知道。他來決沒有好事。她倒要看他怎樣訛她。事隔多年，又沒有證人。固然女人家名聲要緊，他自己也不能叫人太不齒，現在越是為難，越是靠個人緣。不過到底也說不準，外面跑跑的人到底路數多，有些事她也還是不知道。反正兵來將擋，把心一橫，她下樓來倒很高興似的。大概人天生都是好事的，因為到底喜歡活著。實在不能有好事，壞事也行。壞事不出在別人身上，出在自己身上也行。

「咦，三爺，今天怎麼想起來來的？」她笑著走進來。「三奶奶好？」

「她不大舒服，老毛病。」

「一定又是給你氣的。你現在沒人管了，我真替三奶奶担心。」

「其實她現在倒省心了，不用在老太太跟前替我交代。」

「總算你說句良心話。」一坐下來相視微笑，就有一種安全感。時間將他們的關係凍成了化石，成了牆壁隔在中間，把人圈禁住了，同時也使人感到安全。

「二嫂這房子不錯。」

「這房子便宜，不然也住不起。那天你看見的，分家那個分法，我一個女人拖著個孩子，怎麼不著急？不像你三爺，大來大去慣了的。」

「我是反正弄不好了。」他用長蜜蠟烟嘴吸著香烟。

「你是不在乎。錢是小事，我就氣他們不拿人當人。你們兄弟三人都是一個娘肚子裏爬出來的，怎麼一死了娘就是一個人的天下。長輩也沒有人肯說句話。」

「他們真不管了。」

「都是順風倒。」

他笑。「二嫂厲害，那天把九老太爺氣得呼哧呼哧的。一向除了我們老太太那張嘴喳啦喳啦的，他見了這位嫂子有點怕。老太太沒有了，也還就是二嫂，敢跟他回嘴。」

她明知這話是討她的喜歡，也還是愛聽。「我就是嘴直，說了又有什麼用，」她只咕噥了一聲。

「他老人家笑話多了。那回辦小報捧戲子，得罪了打對台的旦角，人家有人撐腰，叫人打報館，編輯也挨打，老太爺嚇得一年多沒敢出去。」

「是彷彿聽說九老太爺喜歡捧戲子。四大名旦有一個是他捧起來的。」

「他就喜歡兔子。鏡于不是他養的。」

「哦?」他隨口說著,她也不便大驚小怪。九老太爺只有一個兒子叫鏡于,已經娶了少奶奶了。「這倒沒聽見說。」——雖然這些女人到了一起總是背後講人。她沒想到她們沒有一個肯跟她講心腹話。她只覺得她是第一次走進男人的世界。

「是他叫個男底下人進去,故意放他跟他太太在一起。」「放」字特別加重,像說「放狗」一樣。

「太太倒也肯。」

「他說老爺叫我來的。想必總是夫妻倆大家心裏明白,要不然當差的也沒這麼大的胆子。」

「這人現在在哪兒?」

「後來給打發了。據說鏡于小時候他常在門房裏嚷,少爺是我兒子。」

她不由得笑了。想想真是,她自己為了她那點心虛的事,差點送了命,跟這比起來算得了什麼?當然叔嫂之間,照他們家的看法是不得了。要叫她說,姘傭人也不見得好多少。這要是她,又要說她下賤。

「倒也沒人敢說什麼，」她說。譬如三爺現在，倒不想爭這份家產？九老太爺除了捧戲子，非常省儉，兒子又管得緊，所以他那份家私紋風未動。想必是他有財有勢，沒人敢為了這麼件事跟他打官司，徒然敗壞家聲，叫所有的親戚都恨這搗亂的窮極無賴。

「這是老話了。」他不經意地說。

「想起來九老太爺也是有點奇怪……」陰氣森森不可捉摸。她從來看不出他是個什麼樣的人，除了分家那回發脾氣——火氣那麼大，那麼個小個子，一腳踢翻了太師椅，可又是那麼個活烏龜，有本事把那當差的留在身邊這些年，兒子也有了，還想再養一個才放心？難道是敷衍太太，買個安靜？

「從前官場興這個，」他說。「因為不許做官的嫖堂子，所以吃酒都叫相公唱曲子。不過像他這樣討厭女人的倒少。」

「九老太太從前還是個美人。」

「他也算對得起她了。其實不就是過繼太太的兒子？」

她笑了。「這是你們姚家。」

「也不能一概而論，像我就沒出息。人家那才是胆子大。我姚老三跟他們比起來，我不過多花兩個錢。其實我傻，」他微笑著說，表情沒有改變，但是顯然是指從前和她在廟裏那次，現在懊悔錯過了機會。她相信這倒是真話，也是氣話，因為這回分家，當然他是認為他們對他太辣手了些。

有短短的一段沉默。她隨即打岔，微笑著回到原來的話題上，「怪不得都說鏡于笨。」她以前是沒留神，人家說這話總是鬼頭鬼腦的，帶著點微笑，若有所思。現在想起來，才知道是說他不是讀書種子。他念書念不進去，其實大爺三爺不也是一樣？

「他自己知道不知道？」她輕聲問。

他略搖搖頭，半眏了眏眼睛，彷彿鏡于就在這間房裏，可能聽得見。「他老先生的笑話也多。」鏡于怕父親怕得出奇——當然說穿了並不奇怪，而且理所當然——但是雖然胆子小，外邊也鬧虧空，出過幾回事。

「我還笑別人，」他說，「自己不得了在這裏。二嫂借八百塊錢給我，蕪湖錢一來了就還你。」

雖然她早料到這一著，還是不免有氣。跟他說說笑笑是世故人情，難道從前待她這樣她還不死心，忘不了他？當然他是這樣想，因為她沒有機會遇見別人。「噯喲，三爺，」她笑著說，「我直抱怨，你還不知道二嫂窮？你不會去找你的闊哥哥闊嫂嫂？」

「老實告訴你，有些人我還不願意問他們。」

「我知道你這是看得起我，倒叫我為難了。搬了個家，把錢用得差不多了，我也在等田上的錢。」

「二嫂幫幫忙，幫幫忙！我姚老三儘管債多，這還是第一次對自己人開口。」

「是你來得不巧了，剛巧這一向正鬧不夠用。」

「幫幫忙，幫幫忙！二嫂向來待我好。」

這是話裏有話，在嚇詐她？

她斜瞪了他一眼，表示她不怕。「待你好也是狗咬呂洞賓。」

「所以我情願找二嫂，碰釘子也是應當的。碰別人的釘子我還不犯著。」

他儘管嘻皮笑臉，大概要不是真沒辦法，也不會來找她。他分到的那點當然禁不起他用，而且那些債主最勢利的，還不都逼著要錢？這回真要他的好看了。她這回可不像分家那天，坐著現成的前排座位。不但看不見，住在這裏這樣冷清，都要好些日子才聽得見。她先不要說關門話，留著這條路，一刀兩斷還報什麼仇？有錢要會用，才有勢力，給不給要看你高興，不能叫人料定了。她突然決定了，也出自己意料之外。自己心裏也有點知道，這無非都是藉口。

「我是再也學不會你們姚家的人，」她搖著頭笑，「只要我有口飯吃，自己人總不好意思不幫忙。」

「所以我說二嫂好。」

她白了他一眼。「你剛才說多少？」

「八百。」

「誰有這麼些在家裏？」

「二嫂壓箱底的洋錢包你不止這些。」

「我去看看可湊得出五百。」

「七百，七百，」他安慰地說。「也許我七百可以對付過了。」

「有五百你就算運氣了。」

她到了樓梯上才想起來，炳發老婆還在這裏。當著她的面拿錢不好意思。一向對她抱怨姚家人，尤其恨三房，自從鬧珠花的事，連她嫂子都受冤枉。這時候掉過來向著他們，未免太沒志氣。別的不說，一個女人給男人錢——給得沒有緣故，也照樣尷尬。實在說不過去，她把心一橫；也好，至少讓她知道我的錢愛怎麼就怎麼，誰也不要想。

炳發老婆坐在窗口玩骨牌，捉烏龜。

「這三爺真不得了，黑飯白飯，三個門口，」她一面拿鑰匙開櫥門一面說。「開口借錢，沒辦法，只好敷衍他一次。」

她背對著她嫂子數鈔票，她嫂子假裝不看著她。數得太快。借錢給人總不好意思少給十廿塊，只好重數一次，耳朵都熱辣辣起來，聽上去更多了。

「他下回又要來了，」她嫂子說。

「哪還有下回？誰應酬得起？」

缺五十塊。床頭一疊朱漆浮彫金龍牛皮箱，都套著藍布棉套子。她解開一排藍布鈕釦，開上上面一隻箱子，每隻角上塞著高高一疊銀皮紙包的洋錢，壓箱底的，金銀可以鎮壓邪氣，防五鬼搬運術。

一包包的洋錢太重，她在自己口袋裏托著，不然把口袋都墜破了。他再坐了會就走了，喃喃地一連串笑著道謝，那神氣就像她是個長輩親戚，女太太們容易騙，再不然就是禁不起他纏，面子上下不去，給他借到手就溜了。這倒使她心安理得了些。本來第一次是應當借給他的。即使怕人說話，照規矩也不能避這個嫌疑。在宗法社會裏，他是自己人，娘家是外親。她也就仗著這一點，要不然她哥哥與嫂子又不同，未免使她心裏有點難過。她哥哥晚飯後來接她嫂嫂，她提起三爺來過，沒說為什麼。還怕他老婆回去不告訴他？

十一

越是沒事幹的人，越是性子急。一到臘月，她就忙著叫傭人撣塵，辦年貨，連天竹蠟梅都提前買，不等到年底漲價。好在樓下不生火，夠冷的，花不會開得太早，不然到時候已經謝了。

過年到底是樁事。分了家出來第一次過年，樣樣都要新立個例子，照老規矩還是酌減。迄今她連教書先生的飯菜幾葷幾素，都照老公館一樣。不過樓上樓下每桌的菜錢都減少了，口味當然差些。她是沒辦法，只好省在看不見的地方。看看這時勢，彷彿在圍城中，要預備無限制地支持下去。

她自己動手包紅包。只有幾家嫡親長輩要她自己去拜年，別處都由玉熹去到一到就是。她在燈下看著他在紅封套上寫「長命百歲」、「長命富貴」，很有滋味，這是他們倆在一起過第一個年。

她叫王吉把錫香爐蠟台都拿出來擦過了。祖宗的像今年多了兩幅，老太太與二爺，都是照片。

她除了吃這口烟，樣樣都照老太太生前。過年她這間房要公開展覽，就把烟舖搬走了，房裏更空空落落的。忙完了到年初又空著一大截子，她把兩隻手抄在衣襟底下，站在窗口望出去，是個陰天下午，遠遠的有隻雞啼，細微的聲音像一扇門吱呀一響。市區裏另有兩隻雞遙遙響應。許多人家都養著雞預備吃年飯，不像姚家北邊規矩，年菜沒有這一項。衖堂給西北風颳得乾乾淨淨，一個人也沒有。一隻毛毵毵的大黑狗沿著一排後門溜過來，嗅嗅一隻高炭簍子，站在後腿上扒著往裏面看，把簍子絆倒了，馬上鑽進去，只看見牠後半身。牠啣了塊炭出來，咀嚼了一會，又吐出來仔細看。牠失望地走開了，但是整個衖堂裏什麼都找不到。牠又回來發掘那隻篾簍，又啣了根炭出來，咵嚓咵嚓大聲吃了它。她看著牠吃了一塊又一塊，每回總是沒好氣似地挑精揀肥，先把它丟在地下試驗它，又用嘴拱著，把它翻個身。

「太太，三爺來了，」老鄭進來說。

哦，她想，年底給人逼債。相形之下，她這才覺得是真的過年了，像小孩子一樣興奮起來。

「叫王吉生客廳裏的火。」

她換了身瓦灰布棉襖袴，穿孝滾著白辮子。臉黃黃的，倒也是一種保護色，自己鏡子裏看看，還不怎麼顯老。

「咦，三爺，這兩天倒有空來？」

「我不過年。從前是沒辦法，只好跟著過。」

「噯，是沒意思。今年冷清了，過年是人越多越好。」

「我們家就是人多。」

「光是姨奶奶們，坐下來三桌麻將。」

「哪有這麼些？」

「怎麼沒有？前前後後你們兄弟倆有多少？沒進門的還不算。」老太太禁烟之外又禁止娶妾，等到兒子們年紀夠大了，一開禁，進了門的姨奶奶們隨即失寵，外面瞞著老太太另娶了新的，老太太始終跟不上。有兩個她特別抬舉，在她跟前當差，堂子出身的人會小巴結，尤其是大爺的四姨奶奶，老太太一天到晚「四姨奶奶」「四姨奶奶」不離口，連大奶奶三奶奶都受她的氣，銀娣更不必說了。這時候她是故意提起她們，讓他知道她現在對他一點意思也沒有。「你現在的兩位我們都沒看見。」

「她們見不得人。」

「你客氣。你揀的還有錯？」

「其實都是朋友開玩笑，弄假成真的。」

她瞅他一眼。「你這話誰相信？」

「真的。我一直說，出去玩嚜，何必搞到家裏來。其實我現在也難得出去，我們是過時的人了，不受歡迎了。」

「客氣客氣。」

「這時候才暖和些了。二嫂怎麼這麼省？」

「噯呀三爺你去打聽打聽，煤多少錢一担。北邊打仗來不了。」

他們講起北邊的親戚，有的往天津租界上跑，有的還在北京。他脫了皮袍子往紅木炕床上一扔，來回走著說話，裏面穿著青綢薄絲棉襖袴，都是穿孝不能穿的，他是不管。襟底露出青灰色垂鬚板帶，肚子癟塌塌的，還是從前的身段。房裏一暖和，花都香了起來。白漆爐台上擺滿了紅梅花、水仙、天竹、蠟梅。通飯廳的白漆拉門拉上了，因為那邊沒有火。這兩間房從來不用。先生住在樓下，所以她從來不下樓。房間裏有一種空關著的氣味，新房子的氣味。

「玉熹在家？」

「他到鍾家去了。他們是南邊規矩，請吃小年飯。鍾太太是南邊人。」

「那鍾太太那樣子，」他咕嚕了一聲。鍾太太是個胖子，戴著綠色的小圓眼鏡。

「鍾太太不能算難看，人家皮膚好。」

「根本不像個女人，」他抱怨。

她也笑了。對一個女人這麼說，想必是把她歸入像女人之列。不能算是怎樣恭維人，但還是使他們在黃昏中對坐著覺得親近起來。

「下雪了，」她說。

像蜢蟲一樣在灰色的天上亂飛。怪不得房間裏突然黑了下來。附近店家「鬧年鑼鼓」，夥計學徒一打烊就敲打起來。沙啞的大鑼敲得特別急，嗆嗆嗆嗆嗆，時而夾著一聲洋鐵皮似的鐃鈸。大家累倒了暫停片刻的時候，才聽見鼓響，蹬蹬蹬像跑步聲，在架空的戲台上跑圓場。這些店家各打各的，但是遠遠聽來也相當調和，合併在一起有一種極大的倉皇的感覺，殘冬臘月，急景凋年，趕辦年貨的人拎著一包包青黃色的草紙包，稻草紮著，切破凍僵了的手指。趕緊買東西做菜祭祖宗，好好過個年，明年運氣好些。無論多遠的路也要趕回家去吃團圓飯，一年就這一天。

「噯，下雪了，」他說。他們看著它下。她這次不會借給他的，他也知道。跟他有說有笑，不過是她大方，他借錢也應酬過他一次。難道每次陪她談天要她付錢？反而讓他看不起。他訴苦也沒用，只有更叫她快心。

他不跟她開口，也不說走。有時候半天不說話，她也不找話說，故意給他機會告辭。但是在半黑暗中的沉默，並不覺得僵，反而很有滋味。實在應當站起來開燈，如果有個傭人走過看見他們黑魆魆對坐著，成什麼話？但是她坐著不動，怕攪斷了他們中間一絲半縷的關係。黑暗一點點增加，一點點淹上身來，像蜜糖一樣慢，漸漸坐到一種新的原素裏，比空氣濃厚，是十廿年前半凍結的時間。他也在留戀過去，從他的聲音裏可以聽出來。在黑暗中他們的聲音裏有一種會心的微笑。

她去開燈。

「別開燈，」他忽然怨懟地迸出一句，幾乎有孩子撒嬌的意味。

她詫異地笑著，又坐了下來，心裏說不出的高興。

等到不能不開燈的時候，不得不加上一句，「三爺在這兒吃飯，」免得像是提醒他時候不早了，該走了。

「還早呢，你們幾點鐘開飯？」

「我們早。」

留人吃飯，有時候也是一種逐客令，但是他居然真待了下來。難道今天是出來躲債，沒地方可去？來了這半天，她也沒請他上樓去吃烟。雖然說吃烟的人不講究避嫌疑，當著人儘可以躺下來，究竟不便，她也不犯著。好在他們家吃烟向來不提的，她也就沒提。

飯廳沒裝火爐，他又穿上了皮袍子。

「三爺吃杯酒，擋擋寒氣。」

「這是玫瑰燒？不錯。」

「就是衖堂口小店的高粱酒，摻上玫瑰泡兩個月，預備過年用的。還剩下點玫瑰，我叫他們去打瓶酒來給你帶回去。」

她喝了兩杯酒，房間越冷，越覺得面頰熱烘烘的，眼睛是亮晶晶沉重的流質，一面說著話，老是溜著，有點管不住。

「給我拿飯來。」她對女傭說。

「二嫂不是不能喝的，怎麼只吃這點？」

「老不喝，不行了。從前老太太每頓飯都有酒。三爺再來一杯。」

老媽子替他斟了酒，他向她舉杯。「乾杯。」

她剩下的半杯一口喝了下去，無緣無故馬上下面有一股秘密的熱氣上來，像坐在一盞強光電燈上，與這酒吃下去完全無干。她連忙吃飯，也只夾菜給他，沒再勸酒。

打雜的打了酒來，老媽子送進來，又拿來一包冰糖，一包乾玫瑰。她打開紙包，倒到酒瓶裏，都結集在瓶頸。乾枯的小玫瑰一個個豐艷起來，變成深紅色。從來沒聽見說酒可以使花復活。冰糖屑在花叢漏下去，在綠陰陰的玻璃裏緩緩往下飄。不久瓶底就鋪上一層雪，雪上有兩瓣落花。她望著裏面奇異的一幕，死了的花又開了，倒像是個兆頭一樣，但是馬上像噩兆一樣感到厭惡，自己覺得可恥。

飯後回到客廳裏喝茶，鑼鼓敲得更緊，所有的店家吃完晚飯都加入了。他傴僂著烤火，捧著茶杯渥著手，望著火爐上小玻璃窗上的一片紅光。

「到過年的時候不由得想起從前，」他忽然說。「我是完了。」

「三爺怎麼了？酒喝多了？」

「怪誰？只好怪自己。難道怪你？」

她先怔了怔，還是笑著說，「你真醉了。」

「怎麼？因為我說真話？你是哪年來的？跑反那年？自從你來了我就在家待不住，實在受不了。我們那位我也躲著她，更成天往外跑。本來我不是那樣的。」

「這些話說它幹什麼，」她掉過頭去淡淡的笑著，只咕噥了一聲。

「我不過要你知道我姚老三不是生來這樣。不管人家怎麼說我，只要二嫂明白，我死也閉眼睛。」

「好好的怎麼說這話？難道你這樣聰明的人會想不開？」她笑著說。

「你別瞎疑心。我只要你說你明白了，說了我馬上就走。」

「有什麼可說的？到現在這時候還說些什麼？」

「我忍了這些年都沒告訴你，我情願你恨我。給人知道了你比我更不得了。」

「你倒真周到。害得我還不夠？我差點死了。」

「我知道。你死了我也不會活。當時我想著，要死一塊死，這下子非要告訴你。到底沒說。」

「你這時候這樣講，誰曉得你對人怎麼說的？」

「我要說過一個字我不是人。」

她掉過頭去笑笑。其實這一點她倒有點相信。這些年過下來，看人家不像是知道，要不然他們對她還不是這樣。

「我知道你不會相信我。也真可笑，我這一輩子還就這麼一次是給別人打算。大概也是報應。」他站起來去拿皮袍子。「你真心狠，」他站著望著她微笑。「我也是的——就喜歡心狠的女人。」他又伸手去拉她的手，一面笑著答應著，「我走。馬上就走。」

她不相信他，但是要照他這樣說，她受的苦都沒白受，至少有個緣故，有一種幽幽的宗教性的光照亮了過去這些年。她的頭低了下去，像個不信佛的人在廟裏也雙手合十，因為燒著檀香，古老的鐘在敲著。她的眼睛不能看著他的眼睛，怕兩邊都是假裝。但是她兩隻冰冷的手握在他手裏是真的。他的手指這樣瘦，奇怪，這樣陌生。兩個人都還在這兒，雖然大半輩子已經過去了。

「這要給人聽見了。」他去關門。

她不能坐在那裏等他。她站起來攔他。叫傭人看見門關著還得了？也糟蹋了剛才那點。她要在她新發現的過去裏耽擱一會，她需要時間吸收它。

他們掙扎著，像縫在一起一樣，他的手臂插在她的袖子裏。

「你瘋了。」

「我們有筆賬要算。年數太多了。你欠我的太多，我也欠你太多。」

她一聽見這話，眼淚都湧了上來堵住了喉嚨。她被他推倒在紅木炕床上，耳環的栓子戳著一邊臉頰，大理石扶手上圓滾滾的紅木框子在腦後硬幫幫頂上來。沒有時間，從來沒有。四周看守得這樣嚴，難怪戲上與彈詞裏的情人，好容易到了一起，往往就像貓狗一樣立即交尾起來，也是為情勢所迫。尤其是他們倆，除非現在馬上，不然決不會再約會在一個較妥當的地方。他們中間隔的事情太多了，無論怎麼解釋也是白說。

她仍舊拼命支拄著，彷彿她對他的抵抗力終於找到了一個焦點，這些年來的積恨，使她寧可任何男人也不要他。搶奪著的袴帶在她腰間勒出一道狹窄的紅痕，是看得見的邊界。他壓著她的手，整個身體的重量支在一隻肘彎上，弓起身來扯下自己的袴子，胳膊肘子杵痛了她。她同時可以感到房間外面的危險越來越大，等於極大的壓力加在一隻火柴盒上，一個玻璃泡上。他們頭上有個玻璃罩子扣下來，比房間小，罩住裏面搶蝦似的掙扎。有人在那裏看——也許連他也在看。她的手腕碰著炕床上攤著的皮袍子，毛茸茸的，一種神秘的獸的恐怖，使她不知道哪裏來的一股子勁，一下子摔開了他，也沒來得及透口氣，一站起來就聽見外面的人聲，先還當是耳朵裏的血潮嗡嗡的巨響。

是做成的圈套，她心裏想。他也聽見了。她不等他來拉她，趕緊去開門。沒開門，先摸摸頭髮，拉拉衣服。把門一開，還好，外面沒人。也說不定沒給人看見門關著。

王吉的聲音在廚房裏大聲理論。

「王吉！什麼事？」她叫了聲。

「有人找三爺。」

兩個人在昏暗的穿堂裏直走進來，都戴著尖頂瓜皮帽，耳朵鼻子凍得通紅。黑嗶嘰袍子，肩膀上的雪像灑著鹽一樣。

「這是你們太太？」有一個問王吉，他跟在他們後面。

「王吉你怎麼這麼糊塗，晚上怎麼放生人進來？」

「我直攔著——」他說。

「我們跟三爺來的，請三爺出來。」

她不理他們。「叫他們出去等。年底，晚上門戶還不小心點，不認識的人讓他們直闖進來？」

「三爺來了！」兩個都叫了起來。「嚇呀，三爺，叫我們等得好苦，下這麼大雪。」「凍僵了，腳也站痠了，一個在前門，一個在後門，一步都不敢走開，等到這時候飯也沒吃。」「當你走了，都急死了，叫我們回去怎麼交代？」

「噯，你們外邊等著，」三爺一隻手拉著一個，送他們出去。「外邊等著，我馬上就來。去叫黃包車，先坐上等著，我就來。」

「噯，三爺，這好意思的？」他們正色和他理論著。「好容易剛找到你，又把我們攆出去，下這麼大雪。」

「什麼人？」她這話不是問任何一個人。

「我們跟三爺來的，三爺跟我們號裏有筆賬沒清。這位翁先生是元豐錢莊的。」

「我們也是沒辦法。」翁先生說。「年底錢緊，到三爺府上去，見不到他，樓底下好些收賬的，都帶著舖蓋住在那裏，我們只好也打地舖。等了好些天，今天三爺下來，答應出去想辦法，大家公推我們倆跟著去。」

「好了好了，你們現在知道我在這兒，沒溜，這可不是我家，你們不能在這兒鬧。你們先走一步，我馬上就來。」

「三爺不要叫我們為難了，要走大家一塊走。苦差使，沒辦法，三爺最體諒人的。」

「都給我滾，」她說。「再不走叫警察了。這時候硬衝到人家家裏來，知道他們是什麼人？王吉去叫警察！」

「出去出去，」王吉說。「我們太太說話了！」

三爺把手臂兜在他們肩膀上推送著，一面附耳說話。他們仍舊懇求著，「三爺再明白也沒有，我們的苦處三爺有什麼不知道。我們回去沒有個交代，還不當我們得了三爺什麼好處，放三爺走了？」

她岔進來說，「你們到別處講去，這兒不是茶館。別人欠你們錢，我們不欠你們錢，怎麼不管白天晚上就這麼跑進來，還賴著不走？」

「二嫂，」他第一次轉過臉來對著她，被她打了個嘴巴。他正要還手，王吉拼命拉著他，低聲求告著，「三爺。三爺。」

兩個債主摸不著頭腦，也拉著他勸，「好了好了，三爺，都是自己人，有話好說。」

他隔著他們望著她。「好，你小心點。小心我跟你算賬。」

他走了，後面跟著那兩個和王吉。她不願意上去，樓上那些老媽子。她回到客廳裏，燈光彷彿特別亮，花香混合著香烟氣，一副酒闌人散的神氣。王吉不會進來的。她沒有走近火爐。裏面隱隱約約的轟隆一聲響，是燒斷的木柴坍塌聲。爐上的小窗戶望進去，是一間空明的紅色房間，裏面什麼都沒有。

她站了一會，桌上那瓶酒是預備給他帶回去的。她拔出瓶塞，就著瓶口喝了一口。玫瑰花全都擠在酒面上，幾乎流不出來。有點苦澀，糖都在瓶底。鬧年鑼鼓還在嗆嗆嗆敲著。

十二

老二房的公愚大老爺六十歲生日做壽，有堂會。現在上海這樣大做生日的，差不多只有大流氓。在姚家這圈子裏似乎不大得體。雖然大家不提這些，到底清朝亡了國了，說得上家仇國恨，托庇在外國租界上，二十年來內地老是不太平，親戚們見了面就抱怨田上的錢來不了。做生意外行，蝕不起，又不像做官一本萬利，總覺得不值得。政界當然不行，成了投降資敵，敗壞家聲。其實現在大家都是銀娣說的，一個寡婦守著兩個死錢過日子，只有出沒有進。有錢的也不花在這些排場上，九老太爺是第一個大闊人，每年都到杭州去避壽。

「老太爺興致真好。」大家背後提起來都帶著酸溜溜的微笑。

「說是兒子們一定要替他熱鬧一下。」

「當然總說是兒子。」

「你去不去？」

彷彿是意外的問題，使對方頓了一頓，有點窘，又咕嚕了一聲，「去呀，去捧場。你去不去？」

仍舊像是出人意表，把對方也問住了，馬上掉過眼睛望到別處去，嘴裏嗡隆了一聲，避免正面答覆。

誰肯不去？四大名旦倒有兩個特為從北京來唱這台戲，在粉紅的戲碼單上也不爭排名。戲台搭在天井裏蘆蓆棚底下，點著大汽油燈。女眷坐在樓上，三面洋台，欄杆上一串電燈泡，是個珠項圈，圍在所有的臉底下，漂亮的馬上紅紅白白躍入眼底。銀娣在這些時髦人堆裏幾乎失蹤了。剛過四十歲的人，打扮得像個內地小城市的老太太，也戴著幾件不觸目的首飾，總之叫人無法挑眼。但是她下意識地給補償上了，熱熱鬧鬧大聲招呼熟人，幾乎完全不帶笑容，坐下來又發表意見：

「哦，現在旗袍又興長了，袖子可越來越短。不是變長就變短，從來沒個安靜日子，怎麼怪不打仗？幾時袍子袖子都不長不短，一定天下太平了。」

「虧你怎麼想起來的？」卜二奶奶一面笑，眼睛背後有一種心不在焉的神氣，銀娣看慣了的，知道又在背誦這套話，去當做笑話告訴人，又成了出名的笑話。每回時局變化，就又翻出來大家研究，這回可太平了。他們倒也有點相信她。

她現在是不在乎了，一面看戲，隨手拉拉姪女兒的辮子。大奶奶的女兒跟前面的一個女孩子說話，兩隻肘彎支在前排椅背上。

「嗳喲，小姐怎麼掉了這些頭髮？從前你辮子一大把。一定是姑娘想婆家了。」

那女孩子紅著臉把辮子搶了回去。「二嬸就是這樣。」

「真的，等我跟大太太說，叫王家快點來娶吧。」

她們妯娌都晉了一級，稱太太了。

「不跟二嬸說話了。」那女孩子扭過身去，拉著自己的辮子不放手。

「你倒好，還留著頭髮。」卜二奶奶說。「現在的小姐們都剪了。」

「是王家不叫剪吧？我們大太太自己都剪了。」銀娣說。

「剪了省事。」卜二奶奶說。

大奶奶的女兒已經站起來，搬到前排去了。

「你也真是——」卜二奶奶笑著輕聲說。「我還直打岔。」

「你當她生氣了，小姐心裏感激我呢。定了親還不早點過門，貓兒叫瘦，魚兒掛臭。」

卜二奶奶一面笑一面罵，「你真是——！你現在是倚老賣老了。」

「老要風流少要穩噻。」

「她哥哥要出洋了？」卜二奶奶繼續打岔。

「現在都想出洋。我們玉熹我倒不是捨不得他，不犯著叫他去充軍。現在這時世，你就是中了洋狀元回來，還不是坐在家裏？不像人家有闊老子的又不同。」「闊」字是他們這些人家通用的代名詞，因為忌諱說做官，輕描淡寫說某某人「闊了。」大爺新近出山，也有人說落水。北邊親戚與北洋政府近水樓台，已經有兩個不甘寂寞的，姚家還是他第一個。

「你們玉熹你哪捨得？」卜二奶奶喃喃地笑著說，唯恐被人聽見跟她講大爺。卜二奶奶向來胆子小，當著大奶奶，三奶奶，偶爾說聲「那天跟你們二太太打牌，」都心虛，像犯了法似的，怕人家當做又跟她搬是非了。

「看見大太太沒有？」銀娣問。

「坐在那邊。」

「大爺來了沒有？」

「不曉得，大概還沒來吧？」一提起大爺都把聲音低了低，帶著神秘的口吻。「噯，你看粉艷霞。」

那女戲子正在樓下前排走過，後面跟著一群捧場的。她回過頭來向觀眾裏的熟人點頭，台前一排電燈泡正照著她一張銀色的圓臉，硃紅的嘴唇。下了裝，穿著件男人的袍子，歪戴著一頂格子呢鴨舌帽，後面拖著根大辮子。

「這就是剛才那個？打著大辮子，倒像我們年青的時候的男人。後頭跟著的是他家五少爺？」

「噯，說是老五跟今天的戲提調吵架，非要把她的戲挪後。」

「不怪他們說是兒子們一定要唱這台戲。請了這些大角兒來捧她。從前是小旦，現在是女戲子，都喜歡打扮得不男不女的。」

她看見她兒子在樓下。從遠處忽然看見朝夕相對的人，總有一種突兀感，彷彿比例不對。其實玉熹長得不錯，不過個子小些，白淨的小長臉，鼓鼻梁，架著副金絲眼鏡，穿著馬褂，在一排座位前面擠過去，不住的點頭為禮，像個老頭子一顆頭顫動個不停。他那些堂兄弟們頂壞，老是笑他。到了他們這一代，大家都一身西裝，一口京片子夾著英文，也會說兩句上海話，只有他們二房保守性，還是一口家鄉的侉話。親戚們背後也說他們一家都是高個子，怎麼獨有他這樣瘦小，都怪她的菜太鹹。因為省儉，就連老太太在世的時候，要在月費裏省下錢來買鴉片烟，所以母子倆老是吃醃菜鹹菜鹹魚，孩子長不大，又有哮喘病，是吃得太鹹，「吼」住了。她聽了氣死了，哮喘病是從小就有，遺傳的。他爹從前個子多小，連他們老太太也矮。不過大家從來不想到二爺，也是他們家向來忌諱，親戚們被訓練到一個地步，都忘了他。

「我們玉熹。」她笑著解釋她為什麼彎著腰向前看。

「噢……噯。大人了。」口氣若有所思，她聽著有點不是味。又在估量著他個子矮，吃鹹菜吃的？

「都二十歲了，還是像小孩子，怕人，」她說。

「所以他們說的那些實在可笑，」卜二奶奶帶笑咕噥了一聲。

「說什麼？」她也笑著問，心裏突然知道不對。

「笑死人了，說你們玉熹請吃花酒。」

「我們玉熹？你沒看見他見了女人眼觀鼻鼻觀心的樣子。」

「所以好笑。」

「你在哪兒聽見的？」

「是誰在那兒說——看我這記性！——說是有人碰見三爺——」提起三爺來，眼睛不望著她，但是她知道人家特別注意她臉上的表情有沒有變化。大家都曉得他們鬧翻了，她打過他嘴巴子。據說是為借錢。就是借錢，這事情也奇怪，外頭話多得很。要說真有什麼，那她也不敢，三爺也還不至於這樣窮極無聊，自己的嫂子，而且望四十的人了。

「——說是三爺拉他去吃飯，說玉熹第一次請客，認識的人少，檯面坐不滿。他沒去。」

「這話更奇怪了。我們跟三爺這些年都沒來往。」

「我也聽著不像。」

「怎樣想起來的，借個小孩子的名字招搖。」

卜二奶奶笑。「你們三爺的事——」

「這是什麼時候的事？」

「沒多少時候前頭吧？這些話我向來左耳朵進，右耳朵出，也是這話實在好笑，所以還記得。」

「第一他從來不一個人出去。」

「其實男孩子出去歷練歷練也好。」

「跟他三叔學——好了！」

「至少有個老手在旁邊，不會上當。」

這句笑話直戳到她心裏像把刀。「我就是奇怪這話不知道哪兒來的。」

「你可不要認真，不然倒是我多嘴了。」

「三爺現在怎麼樣？」

「不曉得，沒聽見說。三太太今天來了沒有？」

「沒看見。三太太現在可憐了。」

「她還好，」卜二奶奶低聲說。「是我對她說的，還是這樣好，也清靜些。」

「她搬了家你去過沒有？」

「去打牌的。房子小，不過她一個人也要不了多少地方。」

「三爺從來不來？」

「不來也好，不是我說。」

「這些年的夫妻，就這樣算了？為了他在老太太跟前受了多少氣。」

「你們三太太賢慧嘿。」

「就是太賢慧了，連我在旁邊都看不過去。」

話說到這裏又上了軌道，就跟她們從前每次見面說的一樣。在這裏停下來可以不著痕跡，於是兩人都別過頭去看戲。

她第一先找玉熹。剛才他坐的地方不看見他。她在人堆裏到處找都不看見，心慌意亂，忽然彷彿不認識他了。現在想起來，他這一向常到陳家去聽講經，陳老太爺是個有名的居士，從前做過總督，現在半身不遂，辦了個佛學研究會，印些書，玉熹有時候帶兩本回來。老太爺吃烟的人起得晚，要鬧到半夜。怪不得……

三爺也不在樓下。不看見他。這兩年親戚知道他們吵翻了，總留神不讓他們在一間房裏。想必玉熹是在男客中間碰見了他，給他帶了出去，也像今天一樣，去了又回來，也沒人知道。她就是最氣這一點，他們兩個人串通了，滅掉她。他要是自己來找她，雖然見不到她，到底不同。他這也是報仇，拖她兒子落水。上次她也是自己不好，不該當著人打他。當然傳出去了叫人說話。幸而現在大家住開了，也管不了這許多。大房有錢，對二房三房躲還來不及。現在大爺出來做官，又叫人批評，更不肯多管閒事。這到底不像南京老四房的二爺，跟寡婦嫂子好，用她的錢在外頭嫖。本來沒分家，跟他太太住在一起，也不瞞人。大家提起來除了不齒，還有一種陰森的恐怖感。她事實是一年到頭一個人坐在家裏，傭人是監守人也是見證。外頭講了一陣子也就冷了下來。她又沒有別人。不然要叫他抓住把柄，真可以像他臨走恫嚇的，名正言順來趕她出去。就怕他有一天真到窮途末路，抽上白麵，會上門來要錢，不放他進來就在門口罵，什麼話都說得出，晚上就在衖堂裏過夜，一鬧鬧上好幾天。他們姚家親戚裏也有這樣的一個。

她聽見說三爺的兩個姨奶奶打發了一個，又有了個新的，住在麥德赫司脫路。

「這一個有錢，」人家說著嗤的一笑。

「三爺用她的錢？」她問。

「那就不曉得了——他們的事……這些堂子裏的人，肯出一半開銷就算不得了了。」

「長得怎麼樣？」

「說是沒什麼好。」

「年紀有多大？」

「大概不小了，嫁了人好幾次又出來。」

「他們說會玩的人喜歡老的。」越是提起他來，她越是要講笑話，表示不在乎。到底給他找到了個有錢的。也不見得是完全為了錢。雖然被人家說得這樣老醜，到他們小公館去過的都是男人，這些人向來不肯誇讚別人的姨奶奶，怕人家以為自己看上了她。她相信他對這女人多少有點真心。彷彿替她證明了一件什麼事，自己心裏倒好受了些。

但是這些堂子裏的人多厲害，尤其是久歷風塵的，更是秋後的蚊子，又老又辣，手裏的錢一定扣得緊。那他還是要到別處想辦法，何況另外還有個小公館。三奶奶那裏他是早已絕跡不去了，自從躲債，索性躲得面都不見。親戚們現在也很少看見他。她可以想像他一條條路都斷了，又會想到她，也就像她老是又想到他，沒有腦子，也沒有感情，冷冷地一趟趟回去。這時候就又覺得那冰涼的死屍似的重量蠕蠕爬上身來，交纏著把她也拖著走，那麼長，永遠沒有完，兩條大蛇有意無意把彼此絞死了。

他有沒有跟玉熹講她？該不至於，既然這些年都沒告訴人。——那是從前，現在老了，又潦倒，難保不抬出來吹兩句。正在拉攏玉熹，總不能開口侮辱人家母親？也難說，堂子裏什麼話不能講？留他多坐一會，「怕什麼？她又是個正經人。」她這一向並沒有覺得玉熹對她有點兩樣，難道他這樣深沉？他這一點像他爸爸，夠陰的。她為什麼上吊，二爺到底猜到了多少，她一直都不知道。

「呃！」樓下後排一聲怪叫，把「好」字壓縮成一個短促的「呃」，像被人叉住喉嚨管。

那年在廟裏做陰壽那天又回來了，她一個人在熱鬧場中心亂如麻，舉目無親，連根剷，連站腳的地方都沒有。他哪裏來的錢？沒學會借債，寫「待母天年」的字據？不過她不是從前老太太的年紀，家裏也不是從前那樣出名的有錢。偷了什麼東西沒有？她今天出門以前開首飾箱，沒看見缺什麼。可會是房地契？

「呃！」「呃！」叫好聲此起彼落。

她不能早走。有些男客向來不多坐，大家都知道他們是吃烟的人，要回去過癮。那是男人。她也不願意給卜二奶奶看見她匆匆忙忙趕回去。今天開飯特別晚，好容易吃完了，又看戲。她這次坐的離卜二奶奶遠，坐了一會就去找女主人告辭。跟來的女傭下樓去找少爺，去了半天，回來說宅裏的男傭找不到他，問人都說沒看見。

「我們回去了，不等他了。」她說。

樓下已經給僱了黃包車。這兩年汽車多了，包車不時行了，她反正難得出去，也用不著。而且包車夫最壞，頂會教壞少爺們。前兩年玉熹出去總派個人跟著，不過現在的少爺們都是一個人出去，他也有這麼大了，不能不顧他的面子，就有今天的事。

她一到家馬上開櫃子拿出個紅木匣子，在燈下查點房地契，又都鎖了起來。古董字畫銀器都裝箱堆在三層樓上，這時候晚了，不便開箱子，要是他剛巧回來看見了，反而露了眼，生了心。而且她看見也沒有用，應當叫古董商來，對著單子查，萬一換了假的。這些本事不怕他不懂，有人教。

她把傭人一個個叫上來問，都說不知道。這些人還不都是這樣，不但怕事，等到事情過去了，他們自己人還是母子，反正傭人倒楣。而且這些年跟著她冷冷清清的，家裏東西都不添一件，傭人也都無精打采的，雖然不敢對她陰陽怪氣，誰肯多句嘴？

她親自去搜他的房間。在黯淡的燈光下，房間又空又亂，有髮垢與花露水的氣味。牆角堆著一大疊電影說明書，有三尺高。他每次看電影總拿著一大疊，因為印得講究，紙張光滑可愛，又不要錢。他喜歡范朋克與彭開女士，說她文雅大方，所以明星裏只有她稱女士。是個黃頭髮女人，腦後墜著個低低的髻，倒像中國人梳的頭。她有點疑心他是喜歡她不像他母親。他喜歡坐在一排靠外的末端，近太平門，萬一戲院失火，便於脫逃。他一向胆子小，這回都是給人教的，更可恨，沒出息。

她在烟舖上看見他走進來，像仇人相見一樣，眼睛都紅了。

「媽怎麼先回來了？沒有不舒服？」他還假裝鎮定，坐了下來。

「你到哪兒去了？」

「這時候剛散戲，一問媽已經走了，怎麼不看完？什麼時候走的？」

「剛才到處找你找不到，你跑哪兒去了？」

「沒到哪兒去，除非是在後台看他們上裝。」

「還賴，當別人都是死人，一天到晚跑出去鬼混，什麼去聽講經，都是糊鬼。你說，到哪兒去的？說！」她坐了起來。「走過來。問你話呢。說，到哪兒去的？好樣子不學，去學你三叔，他惹得的？不是引鬼上身嘿？為了借錢恨我，這是拿你當傻子，存心叫你氣死我，你這樣糊塗？」

他不開口，坐著不動。她一陣風跑過去搜他身上，搜出三十幾塊錢。

「你哪兒來的錢？說！哪來的錢？」連問幾聲不應，拍拍兩個嘴巴子，像審賊似的。他氣得衝口而出：

「三叔借給我的。」他知道她最恨這一點。

「好，好，你三叔有錢，你去給他做兒子去。你要像了他，我情願你死，留著你給我丟人。打死你——打死你——」一面說一面劈頭劈臉打他。「他的錢好用的？一共借了多少，帶你到哪兒去，要你自己說，不說打死你。」

他又不作聲了，兩隻手亂划護著頭，打急了也還起手來。老鄭連忙進來，拼命拉著他。「噯，少爺！——太太，今天晚了，太太明天問他。少爺向來胆子小，這是嚇糊塗了，沒看見太太發這麼大脾氣。少爺還不去睡覺去？」

她也就藉此下台，讓老鄭把他推了出去。打這樣大的兒子，到底不是事。要打要請出祠堂的板子打。就為了他出去玩，也說不過去。年青人出去溜溜，全世界都站在他那邊。

她叫人看著他不放他出去，第二天再問他，說：「不怪你，是別人弄的鬼。你說不要緊。」他還是低著頭不答。追問得緊了，她又哭鬧起來。對他好一天壞一天，也沒用，他像是等她鬧疲了，也像別的母親們一樣眼開眼閉。過了一向又想溜出去，要把他鎖起來，又不是一天兩天的事，叫親戚們聽見，第一先要怪她不早點給他娶親。男孩子一出了書房就管不住，他的老先生去年年底辭館回家去了。現在不考秀才舉人，讀古書成了個漫漫長途，沒有路牌，也沒有終點，大都停止在學生結婚的時候。但是現在結婚越來越晚，他的幾個堂兄表兄都是吊兒郎當，一會又是學法文德文，一會又說要進一家教會中學。二十四五歲的人去考中學。教會學校又比國立的好些，比較中立。大爺現在出來做官了，大房當然是不在乎了。反正到了他們這一代，離上代祖先遠些，又無所謂些，有些兒女多的親戚人家顧不周全，兒子也有進國立大學的，甚至有在國立銀行站櫃台的。做父母的吭聲把這項新聞淡淡地宣佈出來，聽者往往不知所措，只好微弱地答應一聲，「好哇……銀行好哇，」或是「進大學啦？」買得起外匯的可以送兒子出洋，至少到香港進大學，是英屬地。

近兩年來連女孩子都進學堂了——小些的。大些的女孩子頂多在家裏請個女先生教法文，彈鋼琴，畫油畫。只有銀娣這一房一成不變，還守著默契的祖訓。再看不起他們二房，他們是烟台姚家嫡系，用不著充闊學時髦攀高。玉熹頂了他父親的缺，在家裏韜光養晦不出去。她情願他這樣。她知道他出去到社會上，結果總是蝕本生意。並不是她認為他不夠聰明，這不過是做母親的天生的悲觀，與做母親的樂觀一樣普遍，也一樣不可救藥。她仍舊相信她的兒子一定與眾不同，他可以像上一代一樣蹲在家裏，而沒有他們的另一面，他們只顧得個保全大節，不忌醇酒婦人，個個都狂嫖濫賭，來補償他們生活的空虛。她到現在才發現那真空的壓力簡直不可抵抗，是生命力本身的力量。

她所知道的堂子，不過是看那些堂子裏出身的姨奶奶們，有些也並不漂亮。一嫁了人，離開了那魅麗的世界的燈光，彷彿就失去了她們的魔力。在她，那世界那樣壁壘森嚴，她對於裏面的人簡直都無從妒忌起來。她們不但害了三爺，還害他絕了後。堂子裏差不多都不會養孩子，也許是因為老鴇給她們用藥草打胎次數太多了。而他一輩子忠於她們，那是唯一合法的情愛的泉源，大海一樣，光靠她們人多，就可以變化無窮，永遠是新鮮的。她們給他養成了「吃著碗裏，看著鍋裏」的習慣。他跟她在一起的時候老是有點心不在焉。現在她就這一個兒子，剩下這麼點她們也要拿去了。

十三

她叫了媒人來給兒子說媳婦。

「以後他有少奶奶看著他，我管不住了。」

他結婚是他們講家世的唯一的機會，這是應當的，不像大房利用祖上的名字去做民國的官。但是親戚們平日大家在一起熱熱鬧鬧的，到了這時候就看出來了——誰都不肯給。他們家二房，老子是個十不全，娘出身又低，要是個姨太太倒又不要緊，她是個十足的婆太太，照她那脾氣還了得？說是他們有錢，也看不出來，過得那樣省。做媒的只好到內地去物色，拿了無為州馮家一個小姐的照片來，也是老親，門當戶對，相貌就不能挑剔了。

「嘴這麼大，」玉熹說，但是他沒有堅決反對，照規矩也就算是同意了。結了婚他就是大人了，可以自由了。他母親這兩天已經對他好得多，他也就將計就計哄著她。

「你替我燒個烟泡，這笨丫頭再也教不會，」她說：「你小時候就喜歡燒著玩。」

「我是喜歡這套小玩意，」他捻著白銅挖花小盾牌，滴溜溜的轉。

「你現在坐小板凳太矮了，躺下舒服點。」

他躺著替她裝了兩筒。

「一口氣吸到底，」她吃了說。「所以烟泡要大，要泡鬆，要黃，要勻，不像那死丫頭燒得漆黑的。你一定是在外頭玩學會的。」

這是她第一次提起他出去玩沒發脾氣。他喃喃地笑著說沒有。

「這一筒你抽。鬧著玩不要緊，只要不上癮。你小時候病發了就噴烟。」

他接過烟槍，噗噗噗像個小火車似的一氣抽完了。

「你一定在外邊學會了。」

「沒有。」

「玩歸玩，這一向不要往外跑，先等馮家的事講定了。不然他們說你年紀這樣輕，倒已經出去玩。」

難怪人家在堂子裏烟舖上談生意，隔著那盞鏤空白銅座小油燈對躺著，有深夜的氣氛，鬆懈而親切。不過他並不在乎這頭親事成功與否，她也知道，接著就說：

「我就看中馮家老派，不像現在這些女孩子們，弄一個到家裏來還了得？講起來他們家也還算有根底。你四表姑看見過他家小姐，不會錯到哪裏。你要揀漂亮的，等這樁事辦了再說。連我也不肯叫你受委屈。我就你一個。」

別的父母也有像這樣跟兒子講價錢的，還沒娶親先許下娶妾，出於他母親卻是意外。他不好意思有什麼表示，望著他們中間那盞烟燈，只有眼鏡邊緣的一線流光透露他的喜悅。

「自己可是要放出眼光來揀，不要像你叔叔伯伯那樣垃圾馬車。你三叔自己招牌做壞了，你不犯著跟著他在一起混。一個人窮極無賴，指不定背後拿成頭，揩你的油剪你的邊。這些堂子裏人眼睛多厲害，給她們拿你當瘟生，真可以把人一吊吊幾年，吊你的胃口。」

他臉上有一種控制著的表情，她覺得也許正被她說中了。他要是嚐到了甜頭，早就花了心，這次關在家裏這些時，沒這麼安靜。烟燈比什麼燈都亮，因為人躺著，眼光是新鮮的角度，離得又近。頭部放大了，特別清晰而又模糊。一張臉許多年來漸漸變得不認識了，總有點怪異可怖，但是她自己也不是他從前的年青的母親了。他們在一起覺得那麼安全，是骨肉重圓，也有點悲哀。她有一剎那喉嚨哽住了，幾乎流下淚來，甘心情願讓他替她生活。他是她的一部份，他是個男的。

他臉上現出一種胆怯的好奇的微笑，忽然使他的臉瘦得可憐。這些年來他從來對她沒有什麼指望，而她現在忽然心軟了，彷彿被他摸著一塊柔軟的地方。她也覺得了，馬上生氣起來，連自己的兒子都是這樣，惹不得，一親熱就要她拿出錢來。

她岔開來談論親戚們，引他說話。他有時候很會諷刺，只有跟她說話才露出來。

「那天大爺去了沒有？」他們還在講那天做壽。

「就到了一到。」

一提起來就有一種陰森之感。究竟現官現管，就連在自己家裏說話，聲音自會低了下來。

「馬靖方沒去？」她仍舊是悄悄地問。大奶奶的哥哥馬靖方做過吳佩孚的秘書長，吳佩孚倒了，又回上海來了。提起外圍的親戚，向來都是連名帶姓，略帶點輕視的口吻。

「他一直沒出來吧？有人去找他，也不見客，說老爺不舒服。」

「所以現在這時勢，怎麼說得定？」

「吼！小報上照樣捧。人家是『詩人馬靖方』。新近還印詩集子，我們這兒也送了一本。老吳那些歪詩都是他打槍手。」

「也真是——剛巧他們郎舅兩個。都出在他們那房。」那是她最快心的一件事。這還是老太太最得力的一個兒子。

「捧吳佩孚捧得肉麻，什麼儒將，明主。」

「他們馬家向來不要臉，拍你們家馬屁。大爺又不同。大爺不犯著。所以老太太福氣，沒看見。」

「要是老太太在，大概也不至於。」

「那當然。那天是誰——？還說『他本來從前做過道台』，好像他自己在前清熬出資格來，這時候再出來，不是沾老太爺的光。真是！他哪回上報，沒把老爹爹提著辮子又牽出來講一通？」

「他大概也是沒辦法，據說是虧空太大。」他學著一副老氣橫秋的口吻，字斟句酌的。

「他那個花法——！」她只咕噥了一聲。她向來說他們兄弟倆都是一樣，但是她暫時不想再提起三爺。其實大爺不過顧面子些，老太太在世的時候算給他彌縫了過去。一到了自己手裏，馬上鋪開來花，場面越拉越大，都離了譜子，不然怎麼分了家才幾年，就鬧到這個地步？但是遺產這件事，從來跟玉熹不提的。

「小豐要出洋了，」他的口氣有點妒羨。

「大太太倒放心，不要娶個洋婆子回來。人家都是娶了親去。」

「結了婚回來也會離婚的，不是脫了袴子放屁，多費一道手續？」

「這樣喜歡小普，總算沒送小普出洋。」

「捨不得他嘛。」

她做了個鬼臉。「那小普那討厭哪——！」大爺就是這樣，自己有兒子，還要在族裏過繼一個，表示他對族裏的事熱心，而且剛巧他祖父也認過一個族姪做乾兒子，就是後來的二老太爺，行二，因為本來已經有兒子。大爺就喜歡人家說他有祖風。「說是小普壞，」她說。二老太爺也壞。做官出名的要錢，做公使帶了個法國太太回來，本來已經收集了一大堆姨太太。現在這小普當然不比從前了，一個窮孩子跟著大爺跑跑腿，居然也嫖堂子，長得又難看，矮胖、黑油油的一張臉，老是嘟嘴不服氣的神情，還又有點鬼鬼祟祟。大爺是這脾氣，越是大家都討厭這人，想必對他更忠心。弄上這麼個兒子，好更覺得自己的威權，不像自己的兒子是天生的、應該的。三爺這些地方比他還明白些，花的錢也值些。他長駐在一個小公館裏，也就是官第，小普一天到晚在跟前當差，大概也是因為自己兒子到底有點不便。大奶奶有時候好久見不到大爺，然後由小普帶個信來。「大奶奶恨死他了，」銀娣說。

「姨奶奶倒給他拍上了馬屁。」

「噯，他要是太漂亮倒又不好了。」她打開一隻圖章形的小白銅盒子，光溜溜的沒有接縫，挑出一點生烟，就著烟燈燒。「那天堂會，王家姐妹倆出風頭，打扮得像雙生子。你看見沒有？」

「看見。」他不屑地掉過眼睛去淡笑著。她們是他表姐妹裏最漂亮的，也最會笑人，一提二表嬸、熹哥哥，就笑得前仰後合。

「這兩個——」銀娣說。「講起來沒爹沒娘，跟寡婦嬸娘過，王三太太自己沒錢，就不沾小姐們的光，人家當她總也省點。嚇！一天到晚鬧著要嬸娘請客。算是帶著小姐們做針線，陪著出去，吃館子聽戲當然是嬸娘會賬，難道叫孩子們給錢？噯，別看人家闊小姐，就喜歡佔小便宜。男朋友送禮，送得越重越喜歡。這些男朋友也肯下本錢，可把王三太太嚇死了，說鬧得簡直不像樣。」

「那位太太哪管得住她們？」他臉紅紅地嗤笑著。

「年紀輕輕的這樣刮皮，嘴又刻薄，不是我說，不是長壽相。老子娘都是癆病死的。」

「她們也有肺病？」他似乎吃了一驚。

「都有，忌諱說。不過說良心話，要不是老子死得早，也不會有錢丟下來。所以她們家就是她們那房有錢。說我們二房沒有男人，我們二房也還幸虧沒有男人。」

現在有了。她這話一出口就想到，他倒似乎沒想到自己身上。他還是喜氣洋洋的，又有點羞意，包圍在一層玫瑰色的光霧裏。

「劉二爺當上銀行經理了，」他說。

「還不是要他入股子？」上海這地方，有點錢投資的人，再危險也沒有。誰像她憋得住？這些男人都是隨心所欲慣了的，這時候也是報應，落得都跟她一樣，困住了一動都不敢動。有的憋了多少年，悶狠了又大花一陣，或是又弄個人，或是賭錢，做生意，一看去了一大截子，又嚇得安靜下來。

「他做股票賺了點錢。」

「他有錢，」她只咕噥了一聲，就此把劉二爺撇下不提。他本來有錢。

「陳家還住在靜安寺路？」

「噯，他們的小辭說是喜歡跳舞。」

「陳家現在靠什麼？」

「他們老太太有錢，」她咕嚕了一聲。

只要提起個名字就使人做會心的微笑，這些人一個個供在自己的小天地裏，各自有他的一角，還不肯安靜，就像死了鬧鬼似的，無論出了什麼新聞都是笑話奇談。親戚們自從各自分成小家庭，來往得不那麼勤，但是在這一點上是互相倚賴的，聽到一個消息，馬上眼睛一亮，臉上泛起了微笑，人也活動些，渾身血脈流通起來，這新聞網是他們唯一的血液循環。自己沒事幹，至少知道別處還有事情發生，又是別人担風險。外面永遠是風雨方殷，深灰色的玻璃窗，燈前更覺得安逸。這一套人名與親戚關係，大家背得熟極而流，他是從小跟她學會了的。點名從來點不到他父親，也不提她娘家。他沒有父母，她沒有過去，但是從來覺都不覺得，他們這世界這樣豐富而自給。

又講起那天的堂會。

「他們家老五看上了粉艷霞，」他笑說。

「我看見他們，她剛下了裝出來。」

「下了裝可沒什麼好看。」

「風頭不錯。」

「還活潑，」他承認，又趕緊加上一句，「在台上。」

「噯，這些女戲子在台下有時候板得很，其實她們比現在這些小姐們管得緊，自己的娘跟出跟進。差不多唱戲的人家都是北邊人，還是老規矩。」

「她們家累重，還要養活自己的琴師、班底，多少人靠著一個人吃飯。老五要是娶粉豔霞，該要多少錢？」

「老五不要想。第一他爸爸不肯，太招搖了。所以她們唱戲的嫁人也難，都是給流氓做姨奶奶。她們也可憐，不要看出風頭。人家有真心對她們，她們也知道感激。有個汪老太太戲迷，捧女戲子，認乾女兒，照樣送行頭送桌圍。乾女兒倒也孝順，老是接來住，後來就嫁了他們家少爺做姨奶奶。」

他紅了臉。「是誰？在上海唱過？」又問，「哪個汪家？」

只有講到哪個女孩子，他心裏才進得去。

「叫什麼的？——是杭州大世界的台柱。」

他不由得格吱一笑。上海的大世界已經是給鄉下人觀光的，杭州的大世界想必更像鄉下賽會。

「他們的京戲班子算好的。她唱青衣，說是漂亮得很，嗓子也好。」

「粉艷霞的嗓子沒什麼好，」他說。

「唱花旦本來用不著，連小翠花都是啞嗓子。女孩子向來聲音窄，所以人家說男人唱旦角反而嗓子好。等到破了身，喉嚨又寬些。」

「粉艷霞大概有二十多歲了吧？不見得喉嚨還要變？」他臉紅紅地笑著。

「哦，這些女戲子家裏看得她們多緊，你不要看她們跟小五這批人混著，那是應酬。」

他們把她和別的一個個比著。有的腰比她細，但是她腰身靈活。她的臉太圓，看得出臉上貼的片子一直貼到前面來。她穿男裝漂亮，反串想必出色。銀娣自己覺得有點可笑，兩人並肩站著，兩張癡癡的臉浴在一個遙遠的太陽的光輝裏，戀戀地評頭品足說個不完，又還老是遺憾的口吻。但是試探他是有刺激性的，她可以覺得年青人的慾望的熱力。只要她肯跟他講粉艷霞，她自己就是開天闢地第一個女人，因為只有她是真的，她在這裏，她有經驗。

其實她對京戲知道得不比他多，不過向來留心聽人說。她這一代的女人的公敵是長三妓女，都會唱兩句戲。唱戲的這行是越過她們頭上去，更高級的魅艷。她是本地人，京戲的唱詞與道白根本聽不大懂，但是剛巧唱花旦的那身打扮也就是她自己從前穿的襖袴，頭上的亮片子在額前分披下來作人字式，就像她年青的時候戴的頭面。臉上胭脂通紅的，直搽到眼皮上，簡直就是她自己在夢境中出現，看了很多感觸。有些玩笑戲，尤其是講小家碧玉的，伶牙俐齒，更使她想起自己當初。真要是娶這麼一個到家裏來，那她從前在黑暗的洋台上偷聽樓下划拳唱戲，那亮晶晶的世界從來不容她插足的，現在到底讓她進去了，即使只能演太后的角色。向來老太太們喜歡漂亮的女孩子，是有這傳統的。像《紅樓夢》裏的老太太，跟前只要美人侍奉。就連他們自己家的老太太不也是這樣？娶媳婦一定要揀漂亮的，後來又只喜歡兒子的姨奶奶們，都是被男人擱在一邊的女人，組成一個小朝廷，在老太太跟前爭寵。她要是給兒子納妾，那當然又兩樣，娶個名美人來，小兩口子是觀音身邊的金童玉女，三個人之間有一種神秘的微笑，因為她知道他們關上房門以後的事，是她作成他們，骨肉之情有了一重新的關係，活躍起來了。但是她知道這都是假的，自騙自。有些女人實在年紀大了，可以就中取得滿足。

「我曉得你喜歡粉艷霞，」她微笑說。

「我沒資格，」他微笑著咕噥了一聲。

「要是真要也有辦法。要認識她們還不容易？要找人跟她們老子娘講價錢比較費事。譬如黃三爺喜歡玩票，有名的戲子都認識。差不多的女戲子都講究拜他們做師傅，師傅講句話有份量。九老太爺就是出名捧角的，當然我們不犯著找他。要找人，多的是。有人認識開戲館的，那都是流氓，要不然在租界上也開不了戲園子。這些唱戲的人家，不是流氓也拿不住他們。」

聽她閒閒地說來，輕言慢語的，頭頭是道，他像孩子們聽神話似的，相信，而又不甚信。他們家還有多大勢力他完全沒有數。至於錢，當然他知道總比她一向口氣裏要多些。難道她瞞著他是因為他還小，現在他大了才告訴他？難道她省下錢來都是預備花在這一項大冒險上，給他買愛情與名望，作為一個名伶的護花主人？一樣做小，當然情願嫁個少爺，年紀輕，又是名門之後，又不像老五他們在外邊玩慣了的。如果講明以後不再有別人……可惜先要娶親，娶了親又還要再等一個時期。但是一個人年青的時候反正無論什麼事都要老等著，沒辦法，也等慣了。

「就是這一點麻煩：剛紅起來，老子娘不肯放她們走的，總要等賺足幾年再說。好在還年青。她們這些人嫁人也難，」她喃喃地娓娓說下去，織著她的鴉片夢。在他的年紀，他需要一個夢想，才能夠約束自己。讓他以為他要是聽話，她真肯拿出錢來替他娶粉豔霞。等他吃上了烟，他會踏實些，比較知道輕重。

吃烟她倒又不怕馮家聽見。

「怕什麼？我們吃得起，」她會告訴媒人。

現在年青人不大有吃烟的，現在是興玩舞女、鬧離婚。他要是吃了烟肯安靜蹲在家裏，馮家也不會反對。大爺三爺他們吃烟照樣出去，不過他們的情形不同。第一他們手裏有錢。沒有錢吃上了烟，就顧到這口烟。他要到堂子裏過癮哪兒行？靠三爺接濟他那兩個錢能到哪裏？還是家裏這張舖。總有一天他也跟她一樣，就惦記著家裏過日子與榻上這隻燈，要它永遠點著。她不怕了，他跑不了，風箏的線抓在她手裏。

十四

定了親，時而有消息傳來，說馮家小姐醜。

「不會吧？」銀娣說。「這些人嘴壞，給他們說出來還有好的？你四表姑看見過的，沒幾年前的事。雖然說女大十八變，相片上是大人了，有現在這年紀了。你四表姑說相片像。」

「相片也夠醜的，」玉熹說。

「有人不上照，無為州大概也沒有好照相館。我本來說再託人去看看，就難在順便——誰到無為州去？要是太明了，他們家又還不肯給人相看。不是看在老親份上，連張照片都不肯落在人家手裏。」

他不好意思老是嘀咕這件事，不過看得出來他老惦記著，不放心。

「我們家從來沒有過退婚的事，」她說。「無緣無故把人家小姐退掉，這話也不好說。還是過天再託人打聽打聽。」

做媒的時候，男家的條件本來是要早娶，半年後就娶過來了。近年來都是文明結婚，忌諱新娘子穿白的就穿粉紅。銀娣在這些事上也從俗，不想太特別，不過文明結婚要請主婚人證婚人，要揀有名聲地位的才有面子，她自從替兒子提親這樣難，把這些親戚故舊都看透了，也不犯著再為這件事去求人，索性老式結婚，連租禮堂這筆費用都省了。

「老法結婚！」女人們都笑嘻嘻地說。「現在都看不到了。」

她都推在女家身上。「他們要嚜！他們還是老規矩。」

她其實折衷辦理，並沒有搬出全套老古董玩藝給他們取樂，因為大家看著確是招笑，就連那些懷舊的女太太們，喃喃地說著「噯，從前都是這樣，」也帶著一種奇異的微笑。是像從前，不過變得鄉氣滑稽了，嘲弄她們最重要的回憶。

現在大家都不贊成老式新房一色大紅，像紅海一樣，太耀眼，刺目，所以她佈置的新房極平常，四柱床，珠羅紗帳子，只有床上一疊粉紅淺綠簇新的綢面棉被有幾分喜氣，襯著凝冷的冬天的空氣與灰黯的一切，使人微微打個寒顫。樓下也只有門頭上掛著彩綢，大紅大綠十字交叉著，墜著個綉球花式的綢摺球。新郎披紅，也是同樣的紅綢帶子，斜掛在肩膀上，此外就是戴頂瓜皮帽，與眾不同些，跟客人都站在幽暗的大房間中央，人多了沒處坐，應酬話早說完了，只好相視微笑。

「還不來……！」客人輪流地輕聲說。一群孩子們更等得不耐煩。

「要等吉時，」有人說。

「時辰早到了。花轎去了幾個鐘頭了？」

「今天好日子，花轎租不到呢。現在少，就這兩家。在城裏。……城裏到一品香，還好，沒多少路。」

女家送親到上海來，住在一品香。

「還不來！」

「誰曉得他們？」新郎咕嚕著，低下頭來扯扯身上掛的紅綢帶子，望著那顆綉球作自嘲的微笑。

終於有人低聲叫著「來了來了。」孩子們都往外跑。大門口放了一通鞭炮。銀娣在樓上陪客，也下來了。沒叫小堂名，嗚哩嗚哩吹著，倒像租界上的蘇格蘭兵操兵。軍樂隊也嫌俗氣，不比出殯。索性沒有音樂。

人堆裏終於瞥見新娘子，現在喜娘也免了，由女家兩個女眷攙著，一身大紅綉花細腰短襖長裙，高高的個子，薄薄的肩膀，似乎身段還秀氣。頭上頂著一方紅布，是較原始的時代的遺風，廉價的布染出來，比大紅緞子衣裙顏色暗些，發黑。那塊布不大，披到下頦底下，往外撅著，斧頭式的側影，像個怪物的大頭，在玉熹看來格外心驚。

新娘子進了洞房坐在床上，有個表嫂把他拉到床前，遞了根小秤給他。他先裝糊塗，拿著不知道幹什麼，逗大家笑，然後無可奈何地表演一下，用秤桿挑掉蓋頭。

鬧房的突然寂靜下來，連看熱鬧的孩子們都噤住了。鳳冠下面低著頭，尖尖的一張臉，小眼睛一條縫，一張大嘴，厚嘴唇底下看不見下頦。他早已一轉身，正要交還秤桿走開了，又被那表嫂叫住了。

「蓋頭丟到床頂上。丟得高點！高點！」

他挑著那塊布一撩撩上去，轉身就走。但是新娘子不得不坐在那裏整天展覽著。

銀娣一有機會跟兒子說句話，就低聲叫「噯呀！新娘子怎麼這麼醜？這怎麼辦？怎麼辦？」

第二天早上，新娘子到她房裏來，低聲叫聲「媽，」喉嚨粗嗄，像個傷風的男人，是小時候害過一場大病以後嗓子就啞了。

「倒像是吃糠長大的，」銀娣背後說。她對親戚說，「我們新娘子的嘴唇，切切倒有一大碟子。」

玉熹倒還鎮靜，彷彿很看得開，反正他結婚不過是替家裏盡責任。其實心裏怎麼不恨？從小總像是他不如人，這時候又娶了這麼個太太。當然要怪他母親，但是家裏來了個外人，母子倆敵愾同仇，反而更親密起來，常在烟榻上唧唧噥噥，也幸而他們還笑得出。算他們上了無為州馮家的當。好比兩族械鬥或者兩省打仗，他是前線的外國新聞記者，特殊身分，到處去得，一一報告。他講起堂子裏人很有保留，現在亟於撇清，表示他與這女人毫無感情，所以什麼都肯說。

新娘子也有點知道，每天早上到銀娣房裏來，一點笑容也沒有，粗聲叫聲媽。她梳個扁扁的S頭，額前飄著幾絲前劉海，穿著一色的薄呢短襖長裙，高領子，細腰，是前幾年時行的，淡裝素抹，自己知道相貌不好，總是板板的，老老實實，不像別的女孩子怕難為情。老氣橫秋，銀娣背後說，沒看見過這樣的新娘子。

她一天到晚跟她找碴子。三十年媳婦三十年婆，反正每一個女人都輪得到。沒有一天不出事，玉熹少奶奶常常回到房裏去哭。玉熹有時候也偷偷地安慰她，但是背後又跟他母親講她。他和他母親像是多年的好朋友，他自己結了婚，勢不能不滿足對方的好奇心，一半也是忍不住誇口，而她總是閒閒的，彷彿無所不知，使他不感到顧忌。

他又出去謅了，藉口躲家裏的口舌是非。她盤問得相當緊，至少知道他現在是「獨謅」，沒跟三爺在一起。但是她仍舊扣著他的錢。他在堂子裏擺不出架勢來，講起堂子裏人總是酸溜溜的帶著諷刺的口吻，當然也是迎合他母親的心理。但是日子久了，他成績還不錯，他學了一口上海話——到底他母親是本地人——在那種場合混著，不討人厭，而且究竟年青佔便宜，一個少爺家，又會陪小心，沒有少爺架子。他並沒有著迷，從來沒說要娶回家來的話。這是他有生以來第一次叫他母親得意：不要看他年紀輕輕的沒有經驗，玩得比大爺三爺精明，強爺勝祖，他們這些人哪一個不迷戀長三書寓？他是她駐在敵國的一個代表，居然不替她丟臉。

「熹哥哥壞，」現在他的堂表姐妹都這樣說。

「怎麼壞？」

那一個別過頭去，不耐煩地吭了一聲，似乎不屑回答。「還不是嫖？」低低地咕嚕了一聲。

堂子裏現在只有老年人去，或是舊式生意人，所以不但壞，而且不時髦。下次她們看見了他，不免用異樣的眼光多看了他一眼，在他舊式的外表下似乎潛伏著一種陰森的罪惡感，像她們小說裏讀到的內地大少爺，無惡不做。他站在桌子旁邊，個子矮小的人有一種特殊的穩重，穿著藏青綢袍子，現在不戴眼鏡了，蒼白的小白臉，頭髮梳得光溜溜的中間分著。她們招呼他一聲，他只朝她們的方向很快地點個頭，正眼也不看她們，還是照從前的規矩。對他母親唯唯諾諾，而在他眼睛背後有一種諷刺的微笑。他母親當著人從來不理他的，只偶爾低聲發句命令，眼睛望著別處，與對媳婦一樣。

是陰曆新年。正月裏拜年的人來人往，時髦小姐們都是波浪形的頭髮貼緊在頭上，只穿一件薄薄的夾袍子，磕了頭馬上又穿上大衣，把兩隻手插在皮領子底下渥著。

「在二嬸那兒凍死了，」她們在別處一見面就抱怨。「這麼冷的天，都不裝個火爐。」

「有人說他們的蓮子茶撤下去拿給別人吃，噁心死了。」

「真怕上他們那兒去。二嬸說的那些話，都氣死人！」噘著嘴膩聲拖長了聲音。

「這回又說什麼？」

「還不是她那一套？」無論怎麼問也不肯說。

「熹嫂嫂真可憐，站在樓梯口剁蓮子，手上凍瘡破了，還泡在涼水裏。問她為什麼不叫傭人剁，嚇死了，叫我別說，『媽生氣。』」

樓梯口擱著一張有裂縫的朱漆小櫥，蓮子浸在一碗水裏，玉熹少奶奶個子高，低著頸子老站在那裏剁。大房的二小姐搬了張椅子出來叫她坐，她無論如何不肯坐。房門開著，裏面看得見。

銀娣這一向生病，剛起來，坐在床上，人整個小了一圈，穿著一套舊黑嗶嘰襖袴，床上掛著灰色的白夏布帳子。那張四柱鐵床獨據一方靠牆擺在正中，顯得奇小。她說話也有氣無力的，客人坐得遠，簡直聽不見，都不得不提高了喉嚨。

「你怎麼啦，二太太？」大奶奶用打趣的口吻大聲問，像和耳朵聾的老太太說話，不嫌重複。「怎麼不舒服啊？怎麼搞的？」

「咳，大太太，我這病都是氣出來的呵。」

「怎麼啦？你從前鬧胃氣疼，這不是氣疼吧？找大夫看了沒有？」她不說是媳婦氣的，別人也只好裝模糊。

「害了一冬天了，看我瘦得這樣。大太太你發福了。」

「肥了。」嬌小的大奶奶現在胖得圓滾滾的，十足是個官太太。

「這才是個福太太的樣子。」

「你福氣呃，你好。可怎麼嬌滴滴起來了？怎麼搞的？」

親戚們早已診斷她的病是吃菜太鹹，吃出來的，和她兒子長不高是一個緣故。她家的菜出名的鹹，據說是為了省菜，其實也很少有人嚐到。家裏有事總是叫北方館子的特價酒席，才八塊錢一桌。平常從來不留人吃飯，只有她過生日那天有一桌點心，大家如果剛巧趕上了，就被讓到外間坐席。她站在大紅桌布前面，逐個分佈粗糙的壽桃，眼睛嚴厲地釘在自己筷子頭上，不望著人，不管是大人小孩子。她不能不給，他們也不能不吃。

今年過年，她留下幾個女眷打牌。她那天精神還好。玉熹少奶奶進來回話，又出去了。

「你不要看我們少奶奶死板板的那樣子，」她在牌桌上說，「她一看見玉熹就要去上馬桶。」

大家笑了一陣，笑得有點心不定。她為了證明這句話，又講了些兒子媳婦的秘密，博得不少笑聲。「這話我怎麼知道的？我也管不到他們床上。不過若要人不知，除非己莫為。男人家嘴敞，到了一起，什麼都當笑話講，他們真不管了。想想從前老太太那時候，我們回到房裏去吃飯，回來頭髮稍微毛了點都要罵，當你們夫妻倆吃了飯睡中覺。『什麼都肯，只顧討男人的喜歡，』這話不光是婆婆講，大家都常這樣批評人。男人不喜歡，又是你不對。那時候我們都說冤枉死了，其實也是，只顧討他喜歡，叫他看不起，喜歡也不長久。這是從前，現在是……真是我們聽都沒聽見過。還說『我們這樣的人家』！」

這話輾轉傳到玉熹少奶奶耳裏，她晚上跟他又哭又鬧，不肯讓他近身。兩人老是吵，有時候還打架。銀娣更得了意，更到處去說。人家也講他們，但是只限於夫妻間與年紀相仿的人們。兩個女太太把頭湊在一起，似乎在低聲講某人病情嚴重。忽然有一個鼻子裏爆出一聲厭煩的笑聲，重又俯身向前去咬耳朵，面有難色，彷彿吃不慣耳朵。

「他們家就喜歡講這些。」另一個抱怨著。

玉熹少奶奶病了。銀娣先說是裝病。拖得日子久了，找了個醫生來看，說是氣虛血虧，也就是癆病。銀娣連忙給玉熹分房，搬到樓下去。

「照這樣我什麼時候才抱孫子？小癆病鬼可不要。你也要個人在身邊，不能白天晚上往外跑，自己身子也要緊。我把冬梅給你，她也大了。」

他從來沒考慮過他母親這丫頭，不但長得平常，他從小看慣了她是個拖鼻涕小丫頭。最近還鬧過，開飯的時候他看見她端著一碗湯進來。

「冬梅的指甲又泡在湯裏，髒死了。叫她別這麼拿著，又把大拇指掐在碗裏。」

銀娣這時候忽然發現她有些好處。「說她呆，還是厚道點好，有福氣。她皮膚白，一白遮三醜，打扮起來又是個人。五短身材有福氣的，屁股大，又方，是宜男相。不過是借她肚子生個兒子，家裏這一向太晦氣，要沖一沖。丫頭收房其實不算，也不叫姨奶奶，就叫冬姑娘。我們還是叫她冬梅。」暗示這不妨礙他正式納妾，等到手邊方便點的時候。

現在根本談不到，還是年年打仗，現在是在江西打共產黨。鴉片烟一天比一天貴，那黝暗的大糕餅近於臼形，上面貼著張黃色薄紙，紙上打著戳子，還是前清公文的方體字，古色古香。那一大塊黑土不知道是什麼好地方掘來的，剛拆開蔴包的時候香氣最濃。小風爐開鍋熬著，擱在樓梯口，便於看守。那焦香貫穿全屋好幾個鐘頭，整個樓面都神秘地熱鬧起來，像請了個道人住在家裏煉丹藥。大家誰也不提起那氣味，可是連傭人走出走進都帶著點笑意。

她每天躺在他對過，大家眼睛盯著烟燈，她有時候看著他烟槍架在燈罩上，光看著那紫泥烟斗喙尖上的一個小洞，是一隻水汪汪的黑鼻孔，一顆黑珠子呼出呼進，濛濛的薄膜。是人家說的，多少鈔票在這隻小洞眼裏燒掉。它呼嗤呼嗤吸著鼻涕，孜——孜——隔些時嗅一下，可以看得人討厭起來，的確是個累贅，但是無論怎麼貴，還是在她自己手裏，有把握些，不像出去玩是個無底洞。靠它保全了家庭。他們有他們的氣氛，滿房間藍色的烟霧。這是家，他在堂子裏是出去交際。

她知道他有了冬梅會安頓下來的。吃烟的人喜歡什麼都在手邊，香烟罐裏墊著報紙，偎在枕邊代替痰盂，省得欠起身來吐痰。第一要方便省事，他連他少奶奶長得那樣都不介意。

冬梅燙了飛機頭，穿著大紅緞子滾邊的花綢旗袍，向太太和少爺磕頭，又去給少奶奶磕頭。但是睡在床上被人向她磕頭是不吉利的，生著病尤其應當忌諱。銀娣自己不在場，預先囑咐過女傭們，還沒拜下去就給拉住了。

「就說『給少奶奶磕頭。』說也是一樣的。」

不是一樣的，給冬梅又提高了身分。本來已經把前面房間騰出來給她，揀最好的傭人伺候她，叫她管家，誇得她一枝花似的。玉熹少奶奶躺在一間後房裏，要什麼沒有什麼，醫生也不來了，她娘家聽見了，從無為州叫人來看了她一次。銀娣後來坐在房門口叫罵了三個鐘頭：

「我們這兒苦日子過不慣，就不要嫁到我們家來。倒像請了個祖宗來了。要回去儘管去，去了別再來了，謝天謝地。我曉得是嫌冬梅，自己騎著茅坑不屙屎，不要男人，鬧著要分床、分房。人家娶媳婦幹什麼的，不為傳宗接代？我倒要問問我們親家。他們要找我們說話，正好，我們也要找媒人說話。拿張相片騙人，搞了個癆病鬼來，算我們晦氣。幾時冬梅有了，要是個兒子，等癆病鬼一斷了氣馬上給她扶正。」

她養成了習慣，動不動就搬張板凳騎著門坐著，衝著後房罵一下午。冬梅的第三個孩子，第二個兒子生下來，少奶奶才死。扶正的話也不提了。

十五

她有時候對玉熹說，「叫人家笑話我們，連個媳婦都娶不起？還是我惡名出去了，人家不肯給？」

「我不要，」他說。

「他也是受夠了，實在怕了，」她替他向別人解釋。「他不肯嘍，只好再說了。」只要虛位以待，冬梅要是上頭上臉起來，隨時可以揚言托人做媒，不怕掐不住她。她現在還不敢，不過又大著肚子挺胸凸肚走出走進，那副神氣看著很不順眼，她又不傻，當然也知道孩子越多，娶填房越難。差不多的人家，聽見說房裏有人已經不願意，何況有一大窩孩子，將來家私分下來有限，圖他們什麼？

孩子多了，銀娣嫌吵，讓他們搬到樓下去又便宜了他們，自成一家。一天到晚在跟前，有時候又眉來眼去的，叫人看不慣。玉熹其實不大理她，不過日子久了，總像他們是夫妻倆。

他還算有出息的。雖然不愛說話，很夠機靈，有兩次做押款，因為田上收不到租，就是他接洽的。找了人來在樓下，她沒下去，東西讓他經手，他這一點還靠得住，因為他要她相信他。東西到了他自己手裏能保留多久，那就不知道了。她只希望他到了那時候懂事些。

她最大的滿足還是親戚們。前兩年大爺出了事，拖到現在還沒了，隔些時又在報上登一段，自從有了國民政府還沒出過這麼大的案子。親戚們本來提起大爺已經夠尷尬的，這時候更不知道說什麼好。據說是同事害他，咬他貪污盜竊公款，什麼都推在他頭上。他被免職拘捕，托病進了醫院，總算沒進監牢。被她在旁邊看著，實在是報應，當初分家的時候那麼狠心，恨不得一個人獨佔，出去摟錢可沒有這麼容易。他家只有他一個人吃這顆禁果，落到這樣下場。向來都說姚家子孫只有他是個人才，他會不知道那句老話，「朝中無人莫做官。」

官司拖了幾年，揹了無數的債。大奶奶去求九老太爺夫婦，也只安慰了幾句，分文無著。結果判下來還是著令歸還一部份公款。他本來肝腎有病，恢復自由以後，出院不久又入院，就死在醫院裏。大奶奶搬到北京去住，北邊生活比較便宜。那邊還有好些親戚，對他們倒還是一樣，北邊始終又是個局面。他們來了還有一番熱鬧。大家都說北京天氣好，乾爽，風土人情又好，又客氣又厚道。

「北邊好。」銀娣對她兒子說。「說是北邊現在到處都是日本人。日本人來了是沒辦法，不犯著迎頭趕上去，給人講著又不是好話。」

這兩年好幾家都搬走了。生活程度太高，尤其是鴉片烟。在上海越搬越小，下不了這面子，搬到內地去仍舊可以排場相當大。有時索性搬到田上去住，做起鄉紳來，格外威風。明知鄉下不平定，吃烟的人更担驚受怕。

「祖上替他們在上海買房子，總算想得周到，」銀娣對她兒子說。「到他們手裏搞光了，這時候住到土匪窩裏去。」

在上海的人都相信上海，在她是又還加上土著的自傲。風聲一緊，像要跟日本打起來了，那家新鄉紳嚇得又搬回來了，花了好些錢頂房子，叫她見笑。上海雖然也打，沒打到租界。她哥哥家裏從城裏逃難出來，投奔她，她後來幫他們搬到杭州去，有個姪子在杭州做事。也去了個話柄。

上海成了孤島以後，不過就是東西越來越貴。這些人裏還就是三爺，孵豆芽也要在上海，這一點不能不說他還有見識。有一個時期聽說大爺每月貼他兩百塊，那時候大爺是場面上的人，嘴裏說不管他的事，不免怕他窮急了鬧出事來，於官聲有礙。三奶奶那裏也每月送一百塊，大爺向來是這派頭，到處派月敬，月費。世交，老太爺手裏用的人，退休了的姨太太，以及她們收的乾兒子乾女兒，往往都有份。大爺一倒下來，她最担心的就是三爺怎麼了，沒有月費可拿了。好久沒有消息，後來聽見說他兩個姨奶奶搬到一起住了。

「現在想必過得真省。兩個住在一塊兒倒不吵？」

「人家三爺會調停。我們三爺有本事。」

「他現在靠什麼？」

「他姨奶奶有錢。」

「那一個呢？她也養活她？」

「我們三爺有本事嘍。」

「他也不容易，年紀也不小了。他那個大少爺脾氣。」

這都是揣測之詞。大家都好些年沒看見他。他用的人又是一幫，不是朋友薦的就是「生意浪」帶來的，與親戚家的傭人不通消息，所以他們這三個人的小家庭是個什麼情形，親戚間一點也不知道。年數多了，空白越來越大，大家漸漸對他有幾分敬意。在他們這圈子裏現在有一種默契，任何人能靠自己混口飯吃，哪怕男盗女娼，只要他不倒過來又靠上家裏或是親戚，大家都暗暗佩服。

「說是現在從來不出去。樓都不下。」

她記得他曾經笑著對她說，「老了，不受歡迎了。」其實那時候還不到四十歲，不過沒有錢了，當然沒有從前出風頭。

他這人就是還知趣。他熱鬧慣了的人，難道年紀大了兩歲，就不怕冷清了？他一輩子除此以外，根本沒有別的生活。人家說他不冷清，有人陪著，而且左擁右抱，兩個都是他自己揀的。他愛的是海——兩瓢不新鮮的海水，能到哪裏？他不過是鑽到一個角落裏，儘可能使自己舒服點，想法子有點掩蔽，不讓別人窺視，好有個安靜的下場。這一點倒跟她差不多。她近年來借著有病，也更銷聲匿跡，只求這些人不講起她。他那邊的寂靜彷彿是個回聲。沒有人知道他們的事。年數隔得越久，那點事跡也跟著增加。她對他有一種奇特的了解，像夫妻間的，像有些妻子對丈夫的事一點也不知道，仍舊能夠懂得他。他至少這點硬氣，不靠親戚，家裏給娶的女人他不要了，照自己的方式活著。他最受不了寂寞的人，虧他這些年悶在家裏，倒還是那樣，她有時候就覺得自己變了個人。——窮極無聊倒也沒來找她。這些年不見，也甚至於想著可以借兩個錢。他知道沒用。他就是還識相。

她看著他跟她差不多情形，也許是帶著一廂情願的成分。但是事實是處境與她相彷的人越來越多。自從日本人進了租界，凡是生活沒有問題的人都坐在家裏不出去做事，韜光養晦。所以不光是她的親戚們，所有潔身自好的市民都成了像她那樣，在家裏守節。現在她可以名正言順地節省起來，大家都省。她叫冬梅自己做煤球，蹲在後天井裏和泥，格子布罩袍後襟高高撩起，搭在一方大屁股上，用一把湯匙揑弄著煤屑，她做得比傭人圓。

不過她還是不會過日子，銀娣火起來自己下廚房，教女傭炒菜，省油，用一支毛筆蘸著油在鍋裏劃幾道。玉熹吃不慣，要另外添小鍋菜，她也怕傳出去又是個話柄，不久就又推病不管了。家裏外表也仍舊維持從前的規模，除了辭掉廚子，改用女傭做飯，現在許多人家都這樣。不像卜家現在就是卜二奶奶自己下灶。卜家人多，一向鬧窮，老太爺老太太都還在。嬌滴滴的卜二奶奶，老愛吃吃笑著，從前跟她們妯娌們一見面就大家取笑的，現在總是上菜上了一半的時候進來，熱得臉紅紅的，剪短了的頭髮濕黏黏的，掠在耳朵背後，穿著件線呢夾袍子，像個小母雞，站在一邊，彷彿事不關己，希望不引起注意。人家讓她上桌，稱讚今天菜好，她只幫著夾菜，喃喃地說聲，「哦，蝦球還可以吧？這兩天蝦仁買不到。」

「卜二奶奶真有本事，會做全桌酒席，」大家嘖嘖稱讚，其實是駭笑。「就跟館子裏一樣。炒雞蛋炒得又勻又碎，魚鱗似的，筷子都揀不起來。」

在淪陷的上海，每家都要出一個人當自警團。家裏沒有男傭人的，都是花錢論鐘頭僱人。他們是卜二爺自己去站崗。玉熹親眼看見，回來告訴她，卜二表叔瘦高個子，戴著黑邊大眼鏡，扛著肩膀，揚著臉似笑非笑的，帶著諷刺的神氣，肩上套著根繩子，斜吊著根警棍，拖在袍襟上。

「他們人多。」她說，「我們人不多？」她現在孫子一大堆，不過人家不大清楚，他們很少出來見人。

現在一提起她家總是說，「他們現在還是那冬姑娘？」憎惡地皺著眉笑著，扮個鬼臉。她沒給兒子娶填房，比逼死媳婦更叫人批評。虐待媳婦是常事，年紀輕輕死了老婆不續絃，倒沒聽說過。

「就是她一個？也沒有再娶？……幾個孩子了？」

她聽見了又生氣，這些人反正總有的說，他們的語氣與臉上的神氣她都知道得太清楚了，只要有句話吹到她耳朵裏，馬上從頭到尾如在目前。她就是這點不載福，不會像別的老太太們裝聾作啞，她自己承認。

有許多親戚都不來往了。有人問起：「二太太還是那樣？」還是一提起來就笑。「怎麼老不聽見說？」

「她有病，」機密地低聲解釋，幾乎是袒護地。「她是胆石。」她有病是兩便，大家可以名正言順地不找她，她自己也有個藉口。

「他們現在怎麼樣？」

「他們有錢。」聲音更低了一低，半睞了睞眼，略點了點頭。

「現在還是那冬姑娘？幾個孩子了？」

孩子太多，看上去幾乎一般大小，都是黑黑胖胖的，個子不高，長得結實，穿著黃卡其布短袴，帆布鞋，進附近一個衖堂小學。到了他們這一代，當然都進學堂了。家長看不起這些學校，就揀最近、最便宜的，除此以外也無法表示。放了學回來，在樓下互相追逐，這間房跑到那間房，但是一聲不出，只聽見腳步響，像一大群老鼠沉重地在地板上滾過來滾過去。樓下儘他們跑，他們的父母搬到樓下住了。那一套陰暗的房間漸漸破舊了，加上不整潔，像看門人住的地下層，白漆拉門成了假牙的黃白色，也有假牙的氣味。下午已經黑魆魆的，只有玉熹烟鋪上點著燈。冬梅假裝整理五斗櫥上亂七八糟的東西，看見旁邊沒人，往前走了兩步，站在烟舖跟前。她的背影有一種不確定的神氣，像個小女孩子，舊絨線衫後身往上縮著，斜扯著黏在大屁股上方，但是仍舊稚拙得異樣。

「買煤的錢到現在也沒給，」她咕嚕了一聲，低得幾乎聽不出，眼睛不望著他，頭低著，僵著脖子，並沒有稍微動一動，指出樓上。

玉熹袖著手歪在那裏，冷冷地對著燈，嘴裏不耐煩地嗡隆了一聲，表示他不管。

一群孩子咕隆隆滾進房來，冬梅別過身去低聲喝了一聲，把他們趕了出去。

樓上因為生病，改在床上吸烟，沒有烟舖開闊，對面沒有人躺著也比較不嫌寂寞。一個小丫頭在床前挖烟斗，是鄭媽領來給她孫子做童養媳的，揀了個便宜，等有便人帶到鄉下去，先在這裏幫忙。銀娣叫她小丫頭，也是牽冬梅的頭皮，有時候當著冬梅偏要罵兩聲打兩下。現在堂子裏成了暴發戶的世界，玉熹早已不去了，本來是件好事，更一天到晚縮在樓下。這冬梅太會養了，給人家笑，像養豬一樣，一下就是一窩。她這樣省儉，也是為他們將來著想，照這樣下去還了得？這年頭，錢不值錢。前兩年她每天給玉熹三毛錢零用。堂子裏三節結賬，不用帶錢的，不過他吃烟的人喜歡吃甜食，自己去買，出去走走，帶逛舊貨攤子，買一支破筆洗，一錠墨，刻著金色字畫，半隻印色盒子，都當古董。自己家裏整大箱的古玩，他看都沒看見過，所以不開眼。三毛錢漸漸漲成一塊，兩塊。改了儲備票又一直漲到二百塊，五百塊。今年過年，大家都不知道給多少年賞。向來都是近親給八塊，至多十塊，遠親四塊。照理應當看她給多少，大房不在上海，她是長房，不能比她多給。所以她生氣，那天卜二奶奶來拜年，她攔著不讓她多給錢，就把這話告訴她，讓她傳出去給姚家這些人聽，連這點道理都不懂。現在大房搬到北邊去了，老九房只有兒子媳婦，九老太爺夫妻倆都過世了。這些親戚大家就是老九房闊，不過從前有過那句話，九老太爺這兒子不是自己的，其實不是姚家人，不算。剩下還就是她這一房還像樣，二十年如一日，還住著老地方，即使旺丁不旺財，至少不至於像三房絕後。大房是不必說了，家敗人亡，在北京，小女兒又還嫁了個教書的，是她學校的老師。人家說女學堂的話，這可不說中了？大奶奶不願意，也沒辦法，總是已經來不及了。「他們是師生戀愛，」大家只笑嘻嘻地說。「從初中教起的。」年紀那麼小！二兒子在北京找了個小事當科員，娶的親倒是老親，夫妻太要好了，打牌，二少奶奶在旁邊看牌，把下頦擱在二少爺肩膀上。大奶奶看不慣，說了她兩句，這就鬧著要搬出去住。——還打牌！人家還是照樣過日子。

「大太太現在可憐囉，」大家都這麼說。「現在大概就靠小豐寄兩個錢去。」

她大兒子在上海，到底出過洋的人有本事，巴結上了儲備銀行的趙仰仲，跟著做投機、玩舞女。他少奶奶也陪著一班新貴的太太打牌，得意得不得了。等日本人倒了怎麼樣？德國已經打敗了，日本也就快了。她對時事一向留心，沒辦法，凡是靠田上收租的，人在上海，根在內地，不免受時局影響。現在大家又都研究《推背圖》，畫的那些小人一個個胖墩墩的，穿著和尚領襖袴，小孩的臉相也很老，大人也只有那點高，三三兩兩，一個站在另一個肩上，都和顏悅色在幹著不可解的事。但是那神秘的恐怖只在那本小冊子的書頁裏，無論什麼大屠殺，到了上海最狠也不過是東西漲價。日本人來不也是一劫？也不過這樣。日本敗下來怕搶，又怕美國飛機轟炸，不過誰捨得炸上海？熬過了日本人這一關，她更有把握了，誰來也不怕，上海總是上海。又不出頭露面，不像大房的小豐，真是渾。他大概自以為聰明，只揩油，不做官。想必也是因為他老子從前已經壞了名聲，橫豎橫了。大爺從前做過國民政府的官，在此地的偽政府看來，又是一重資格，正歡迎重慶的人倒到他們這邊。

「仗著他爸爸跟祖老太爺，給他當上了趙仰仲的幫閒，」她對玉熹說。

「小豐現在闊了，」大家背後笑著說，還是用從前的代名詞，「闊」字代表官勢。但是從前是神秘的微笑，現在笑得咧開了嘴。見了面一樣熱熱鬧鬧的，不過笑得比較浮。民國以來改朝換代，都是自己人，還客氣，現在講起來是漢奸，可以鎗斃的。真是——跟他們大房爺兒倆比起來，那還是三爺。三爺不過是沒算計，倒不是他這時候死了，又說他好。去年聽見他死了，倒真嚇了一跳，也沒聽見說生病。才五十三歲的人，她自己也有這年紀了，不能不覺得是短壽。當然他是太傷身體，一年到頭拘在家裏，地氣都不沾，兩個姨奶奶陪著，又還不像玉熹這個老是大肚子。他心裏想必也不痛快，關在家裏做老太爺。替他想想，這時候死了也好，總算享了一輩子福，兩個姨奶奶送終。再過幾年她們老了，守著兩個黃臉婆——一個是老伴，兩個可叫人受不了。聽說兩個姨奶奶還住在一起替他守節，想必還是一個養活另一個，倒也難得。她看看這些人的下場，只有他沒叫她快心，但是她到底是個女人，從前和他有過那一場，他要是落得太不堪，她也沒面子。他那時候臨走恐嚇她的話，倒也不是白說，害她半輩子提心吊胆，也達到了目的。

後來又聽見說王三太太去看過他那兩個姨奶奶一次，兩人住著一個亭子間，就是一張床，此外什麼都沒有。她們說：

「一天到晚還不就是坐坐躺躺。兩人背對背坐著。」

她聽了也駭笑。

「多大年紀了？不是有一個年紀輕些？其實有人要還不跟了人算了？這年頭還守些什麼，不是我說。」

大家聽見劉二爺郎舅倆戒了烟，也一樣駭然。都是三十年的老癮，說戒就戒了，實在抽不起了。窘到那樣，使大家都有點窘。每次微笑著輕聲傳說這新聞之後，總有片刻的寂靜。現在不大聽到新聞，但是日子過得快，反而覺得這些人一個個的報應來得快。時間永遠站在她這邊，證明她是對的。日子越過越快，時間壓縮了，那股子勁更大，在耳邊嗚嗚地吹過，可以覺得它過去，身上陡然一陣寒颼颼的，有點害怕，但是那種感覺並不壞。三爺死了，當然這使她想到自己，又多病。但是生病是年紀大些必有的累贅，也慣了。

她抹了點萬金油在頭上，喜歡它冰涼的，像兩隻拇指捺在她太陽心上，是外面來的人，手凍得冰冷的，指尖染著薄荷味。稍一動彈，就聞見一層層舊衣服與積年鴉片烟薰的氣味，她往裏偎了偎，窩藏得更深些，更有安全感。她從烟盤裏拿起一支鑷子來夾燈芯，把燈罩摘下來，玻璃熱呼呼的，不知道為什麼很感到意外，摸著也喜歡。從夏布帳子底下望出去，房間更大、屋頂更高，關著的玻璃窗遠得走不到。也不知道外邊天黑了沒有。小丫頭在打盹。反正白天晚上睡不夠。她順手拿起烟燈，把那黃豆式的小火焰湊到那孩子手上。粗壯的手臂連著小手，上下一般粗，像個野獸的前腳，力氣奇大，盲目地一甩，差點把烟燈打落在地下。她不由得想起從前拿油燈燒一個男人的手，忽然從前的事都回來了，蓬蓬蓬的打門聲，她站在排門背後，心跳得比打門的聲音還更響，油燈熱烘烘薰著臉，額上前劉海熱烘烘罩下來，渾身微微刺痛的汗珠，在黑暗中戳出一個個小孔，劃出個苗條的輪廓。她引以自慰的一切突然都沒有了，根本沒有這些事，她這輩子還沒經過什麼事。

「大姑娘！大姑娘！」

在叫著她的名字。他在門外叫她。

國家圖書館出版品預行編目資料

怨女 / 張愛玲著. -- 二版. -- 臺北市 : 皇冠, 2020.07
面； 公分. -- (皇冠叢書；第4863種)(張愛玲典藏；7)

ISBN 978-957-33-3554-2(平裝)

857.7　　109008601

皇冠叢書第4863種
張愛玲典藏 7

怨女

【張愛玲百歲誕辰紀念版】

作　　者—張愛玲
發 行 人—平　雲
出版發行—皇冠文化出版有限公司
台北市敦化北路120巷50號
電話◎02-2716-8888
郵撥帳號◎15261516號
皇冠出版社(香港)有限公司
香港銅鑼灣道180號百樂商業中心
19字樓1903室
電話◎2529-1778　傳真◎2527-0904
總 編 輯—許婷婷
美術設計—王瓊瑤
著作完成日期—1966年
張愛玲典藏二版一刷日期—2020年7月
張愛玲典藏二版七刷日期—2024年7月
法律顧問—王惠光律師

讀者服務傳真專線◎02-27150507
電腦編號◎001207
ISBN◎978-957-33-3554-2
Printed in Taiwan
本書定價◎新台幣280元　港幣93元